RÉGIS JAUFFRET

Régis Jauffret a fait ses débuts d'écrivain en 1985 avec *Seule au milieu d'elle*, et connaît un grand succès en 1998 avec *Histoire d'amour*. En 2007, il publie *Microfictions* et remporte le Prix Goncourt de la nouvelle. Lauréat du Prix Décembre pour *Univers, univers*, puis du Prix Femina pour *Asiles de fous*, Régis Jauffret est l'une des voix les plus importantes de la littérature française contemporaine. Son dernier roman, *Dans le ventre de Klara*, a paru aux éditions Récamier en 2024.

DANS LE VENTRE
DE KLARA

RÉGIS JAUFFRET

DANS LE VENTRE
DE KLARA

Le Code de la propriété intellectuelle n'autorisant, aux termes de l'article L. 122-5, 2° et 3° a, d'une part, que les « copies ou reproductions strictement réservées à l'usage privé du copiste et non destinées à une utilisation collective » et, d'autre part, que les analyses et les courtes citations dans un but d'exemple et d'illustration, « toute représentation ou reproduction intégrale ou partielle faite sans le consentement de l'auteur ou de ses ayants droit ou ayants cause est illicite » (art. L. 122-4).

Cette représentation ou reproduction, par quelque procédé que ce soit, constituerait donc une contrefaçon, sanctionnée par les articles L. 335-2 et suivants du Code de la propriété intellectuelle.

© Régis Jauffret et les éditions Récamier,
un département de Place des Éditeurs, 2024
ISBN 978-2-266-34752-5
Dépôt légal : février 2025

En juillet 1888, aux alentours de la Saint-Jacques, Oncle me fit grosse.

Il me rappelle souvent l'importance du devoir conjugal. De surcroît, quelques jours après la mort d'Ida, l'abbé Probst m'expliqua que même si Dieu avait cru bon de prendre mes deux premiers-nés il fallait Lui laisser l'opportunité de permettre à d'autres créatures d'être conçues, de croître dans mon ventre, de naître et s'Il le voulait d'atteindre l'âge adulte.

La naissance est un événement noble. L'acte charnel devrait demeurer dans l'ombre. Pour nous châtier, Dieu nous inflige de nous reproduire à la manière des animaux. Seule l'anxiété, qui chez la femelle de l'homme précède la délivrance, nous différencie des bestiaux insouciants.

Les mères demeureront toujours comptables des péchés commis plus tard par l'enfant qu'elles ont porté. On nous accusera d'avoir concocté neuf mois durant un assassin, un monstre, un être qui fera regretter Dieu d'avoir créé Adam et on nous reprochera d'avoir engendré ces fratries asphyxiées aux cendres dispersées, fumant la terre des potagers dont la récolte nourrira les bambins des bourreaux, et, nous prêtant le pouvoir de divination des sorcières, on nous blâmera de n'avoir pas cousu nos vulves afin de les préserver de l'existence et du supplice.

L'intervention des pères est trop fugace pour les compromettre en aucune façon. Oncle me l'a dit.

C'était le dernier dimanche de juillet. Nous revenions de la messe. Oncle s'était moqué de moi car, afin de pouvoir communier, je n'avais absorbé la veille au soir qu'un bouillon et le matin rien. On entendait les gens parler dehors par les fenêtres ouvertes. Les enfants jouaient dans leur chambre avec Johanna qui les empêchait de crier.

Oncle déteste les éclats de voix.

Après quatre ans de mariage je l'appelle toujours *Oncle* car il est le fils de mon grand-père maternel. D'ailleurs son fils se nomme Aloïs comme lui et il serait irrespectueux de l'appeler d'un prénom porté dans sa propre maison par un gosse qui n'a même pas atteint l'âge de raison.

J'étais à son service depuis six ans quand il naquit du ventre de Franziska Matzelberger, ancienne servante dans une brasserie où Oncle avait ses habitudes. Il eut aussi avec elle une fille puînée d'un an prénommée Angela. Quand Franziska tomba malade, je la soignai, commençai à servir de mère à ses enfants et à consoler Oncle. Elle mourut peu après le premier anniversaire d'Angela. La semaine suivante je pris sa place dans son lit de mort auprès d'Oncle désormais veuf.

J'ai accroché mon chapeau à la patère du vestibule. Je suis aussitôt allée en ranger l'épingle dans notre chambre afin qu'Aloïs ne la brandisse pas à nouveau comme un poignard pour effrayer sa sœur. J'ai quitté ma robe à parements de dentelle et l'ai pendue dans l'armoire.

Oncle est entré alors. Il a mis son bras autour de mon cou.

Une fois l'affaire terminée, il a rajusté sa tenue devant le grand miroir puis a discipliné ses cheveux et sa moustache avec le peigne en corne de sa poche intérieure. Il a quitté la pièce en me recommandant de ne pas traîner en pleine journée sur ce lit. J'ai visité le cabinet de toilette. J'ai enfilé ma robe noire, celle que je porte le dimanche en dehors des offices. Je remettrai celle à parements tout à l'heure pour vêpres.

Je cache ce cahier au fond du grand tiroir de ma coiffeuse. Oncle n'ira pas le chercher sous les onguents. Je suis une femme sans grande instruction mais l'écriture est subtile comme la pensée, elle voyage d'un cerveau à l'autre. Sautant après ma mort de tête en tête, transmués au hasard de leur passage au travers de cervelles savantes, ces mots deviendront peut-être un jour dignes d'être lus.

Je suis allée à la cuisine surveiller la cuisson du civet de sanglier. Rosalia avait préparé un gâteau au chocolat. Je lui ai dit de fouetter de la crème fraîche diluée avec un peu de lait. Il faudrait la mettre à part dans un bol car Oncle ne l'aime pas. Je suis allée vérifier le couvert à la salle à manger. Elle avait oublié le sel, le poivre. Je lui ai demandé de descendre chercher de la bière fraîche.

Comme je blêmissais, elle a approché de moi un tabouret où je me suis laissée choir.

— Donne-moi un morceau de pain.

J'aurais dû manger quelque chose en arrivant. Je me demande si je ne me suis pas évanouie tout à l'heure pendant l'acte. Heureusement, Oncle ne s'est aperçu de rien. Autrement il m'aurait encore raillée.

Je mâche consciencieusement la grosse tranche qu'elle vient de me couper.

Je remonte sur mes jambes. Je me sens triste tout à coup. L'air libre me donnera du courage.

Je descends l'escalier.

Il y a un montreur de singe dans la rue. Au gré de la brise qui anime le feuillage de l'arbre sous lequel il s'est installé, comme un projecteur de théâtre un rayon de soleil éclaire sporadiquement sa bête – sorte de minuscule homme velu que Dieu a sans doute privé de parole pour le punir de quelque crime. Il est habillé comme un monsieur d'un costume de velours marron. Il porte même des bottines et une cravate nouée en lavallière.

— Éloignez votre animal.

Le petit monstre s'était aperçu que je m'intéressais à lui. Il semblait prêt à grimper sur moi. Son maître a haussé les épaules. Je me suis éloignée. Je n'avais pas d'ombrelle. Je me suis installée à l'abri des rayons sur un de ces bancs vernis dont on vient de parsemer la ville. Je ne me sentais pas bien. Le morceau de pain ne m'avait pas fait profit.

Nous habitons Braunau am Inn au deuxième étage de l'auberge *Braunen Hirschen*, 219, Vorstadt-Strasse.

Nous occupons l'ancien logement du propriétaire Franz Dafner parti l'an dernier vivre à Linz avec sa famille. Nos fenêtres donnent sur la rue mais la maison se prolonge par un corps de ferme où résident des impécunieux qui ont vue sur une étable et une écurie. Dafner loue la taverne du rez-de-chaussée à un certain Burgstaller aussi vulgaire que sa clientèle de buveurs. Les odeurs de mangeaille montent par l'escalier avec, le soir, les chants et les cris des hommes ivres. Nous serions plus tranquilles si un marchand d'articles de mode s'établissait à la place.

Je suis affligée de la manie d'espérer autre chose que mon sort.

Pourtant, même le malheur peut être parfois source de joie. Puisque mes enfants ont peu vécu, ils n'ont pas eu le temps de gravement pécher et ils ont grimpé directement au paradis. Peut-être ont-ils écopé malgré tout de quelques heures de purgatoire pour les deux ou trois bêtises qu'ils avaient eu le temps de commettre avant de tomber malades mais la Vierge les aura graciés et placés à la droite du Père. Au lieu de les pleurer je devrais me réjouir d'avoir de la sorte réalisé le rêve des mères chrétiennes de mettre au monde de futurs citoyens du Ciel.

La tête me tournait.

Tandis que j'essayais de me lever, ma gorge s'est grande ouverte. Heureusement, j'avais eu le temps de digérer l'hostie de ma communion.

Le pavé était souillé.

Je suis remontée chez nous. Rosalia buvait en douce un verre de bière qu'elle avait soutiré à la bouteille que je l'avais envoyée chercher. Elle a sursauté en me voyant débarquer.

— Prends un balai, une pelle, un seau d'eau savonneuse.

Nous sommes descendues. Elle a enlevé l'ordure puis je lui ai enjoint de frotter le sol.
— Madame, on n'astique pas la rue.
— Fais ce que je te dis.

Elle n'était pas énergique. J'ai frotté à sa place. Malgré les passants malpolis qui riaient dans mon dos j'éprouvais soudain un inexplicable sentiment d'allégresse. Quand nous sommes remontées nous avons croisé le garçonnet de nos voisins du premier étage. Il avait dû nous voir car il souriait bizarrement.

En arrivant, Rosalia m'a aidée à me déshabiller. J'avais froid malgré le soleil qui dardait. Elle a posé une cuvette sur la table de nuit.
— Prépare-moi une bouillotte.
— Une bouillotte ? Par ce temps ?

J'ai regardé l'heure à la petite montre en étain que je porte en médaillon. Il était bientôt midi. Oncle allait arriver. Il faudrait que le déjeuner soit aussitôt servi. Rosalia est revenue avec la bouillotte.
— Vous voulez que je vous l'installe sur le ventre ?

Le timbre de la porte d'entrée a retenti.
— Dépêche-toi d'aller ouvrir.

Je l'ai entendue prévenir Oncle que j'étais couchée. Il s'est précipité dans la chambre. Au lieu d'élever la voix il a chuchoté à mon oreille. J'avais été dénoncée par la servante de l'auberge. Même s'il était louable de vouloir nettoyer ce qu'on avait sali, un officier des Douanes ne pouvait se permettre d'être l'époux d'une femme qui en plein jour brique la rue. Je voyais dans son regard à quel point je l'avais déçu.
— Maintenant, lève-toi.

J'ai obéi. Il m'a donné une douce tape sur la joue.
— Que cet incident ne se reproduise jamais plus.
— Oncle, je vous le promets.

Je n'avais pas pu fermer le col de ma robe tellement il m'étranglait. Malgré la mercuriale, l'euphorie que j'avais éprouvée tout à l'heure en frottant le pavé me revint soudain par grosses bouffées. Je n'osais interpréter mon humeur. Je craignais une déconvenue. Le deuil des petits était encore si proche. J'ai fermé les volets à cause du soleil qui menaçait de faner le tapis.

Je fis un effort pour me tenir droite devant mon assiette.

J'ai découpé un fragment de ma tranche de sanglier. J'ai été prise de vertige sitôt l'ai-je eu fourré dans ma bouche. J'ai vacillé, Oncle m'a retenue et m'a demandé de quitter la table.

— Tu es incapable de prendre sur toi.

Je suis allée m'étendre. La dernière fois que j'avais saigné remontait à la mi-juin. En comptant sur mes doigts j'ai constaté que j'avais plus de dix jours de retard. Je me suis accordé le plaisir de m'imaginer vaquer dans la maison, marcher dans la ville et m'agenouiller à l'église avec un ventre rebondi sous mon manteau. Je serais si heureuse de mettre au monde un garçon. Du reste, Dieu m'accorderait peut-être des jumeaux. Oncle serait ravi d'avoir une paire de petits mâles qui ne perdraient pas leur nom par le mariage.

De son vivant, Oncle est déjà un ancêtre. Il est à l'origine d'une lignée nouvelle à qui personne avant lui n'appartint jamais. De ce tronc jailliront au fil des naissances branches et rameaux.

Il naquit le 7 juin 1837 en Basse-Autriche. Sa mère était trop pauvre pour l'élever, il passa le plus clair de son enfance dans la ferme d'un certain Johann Nepomuk. À l'âge de treize ans, il devint apprenti cordonnier et à quinze partit pour Vienne afin d'obtenir le titre de compagnon. Il séjourna chez Johann Prinz, un parent éloigné de six années plus âgé que lui. Il deviendra par la suite le parrain de tous ses enfants et son épouse – sage-femme de son état – deviendra leur marraine.

Le métier de cordonnier n'était pas à la hauteur d'un homme de sa trempe. Bien que sans diplôme, son ascension fut irrésistible. À dix-huit ans, il obtint un poste modeste au ministère des Finances avant de suivre une formation et de réussir l'examen d'entrée dans les prestigieuses Douanes impériales où il gravit en trombe les échelons jusqu'à devenir trois années plus tard officier supérieur.

En 1864, il épousa Anna Glassl-Hörer, fille adoptive d'un receveur des octrois. Leur différence d'âge n'était guère que de quatorze ans et ne les empêchait pas d'espérer fonder une famille car elle avait à peine atteint la quarantaine et pouvait encore concevoir un bel enfant. Après tout, à quarante-deux ans, la mère d'Oncle avait bien accouché d'Oncle.

Mais Dieu ne l'a pas voulu.

Grâce à cette épouse issue de la bourgeoisie, il put visiter l'Allemagne, assister au *Don Juan* de Mozart lors de l'inauguration de l'opéra de Vienne et faire l'acquisition d'ouvrages savants.

À cinquante-deux ans, il a lu sans doute son poids en livres et peut-être davantage.

Durant son voyage, il acquit la conviction que nous étions descendants directs des Bavarois dont certains s'étaient établis en Autriche à l'époque des invasions barbares du IVe siècle après Jésus-Christ. Bien que fidèle à l'Empire, auquel il doit traitement et carrière, il voudrait que l'Autriche intègre le IIe Reich dont Bismarck a fait le plus grand État d'Europe. Il évoque ce sujet en catimini.

— Les murs ne sont pas si épais et nous sommes entourés d'espions, chuchote-t-il en articulant à peine pour dissimuler les mouvements de ses lèvres derrière sa moustache.

En 1871, il fut affecté au bureau annexe de 1re classe de Braunau am Inn avec le grade de contrôleur. Les bureaux sont situés au rez-de-chaussée de l'imposante gare de Simbach située de l'autre côté du fleuve dont on venait à peine d'achever la construction. Il travaille dans ce service encore aujourd'hui.

Il avait quarante ans quand, grâce au témoignage de Johann Nepomuk, le 27 décembre 1876, il a été officiellement reconnu fils de Georg, mort vingt ans plus tôt et frère du précédent. Cet homme avait épousé sa mère cinq ans après sa venue au monde sans le reconnaître pour autant. Faute de déclaration de paternité, Oncle avait à sa naissance endossé le nom de *Schicklgruber*, que portait sa mère. Oncle a toujours été convaincu qu'en réalité Johann était son père car il l'avait recueilli et élevé comme un fils. Il avait préféré faire endosser la paternité par son frère décédé afin de ne pas passer pour adultère auprès des siens.

Au moment de changer d'identité, Oncle jugea le nom de famille de Nepomuk et Georg trop campagnard.

Il s'employa à l'améliorer.

Il ne modifia pas la lettre majuscule fière et solide comme un château fort, conserva le *i* qui la suivait, ôta un *e*, en conserva un autre ainsi que le *r* final mais bannit la quatrième lettre – un grossier *d* – au profit d'un svelte *t*, conférant de la sorte à sa nouvelle signature un côté plus urbain. Le patronyme ainsi rénové fut enregistré sans encombre par l'état civil.

D'après Oncle, il est bon pour des époux d'avoir un ancêtre commun. Mais son géniteur est peut-être un cousin de passage, un journalier, un de ces colporteurs hâbleurs prêts à échanger un calendrier aux couleurs criardes contre une sieste crapuleuse. Une ascendance floue, bourbeuse et glauque. Il en est de même pour toute l'humanité car aucun arbre généalogique ne remontera jamais jusqu'au micro-organisme apparu au fond des mers il y a trois ou quatre milliards d'années dont descendent en ligne directe invertébrés, grenouilles, éléphants, gentes dames et polis messieurs et la cascade immémoriale des guerres et la déferlante des carnages

lances flèches balles grenades obus bombardements

et les familles comprimées dans des boîtes de briques aux volets cloués et l'insurrection et les héros et les barbares et les lâches et le ghetto flambe avec ses derniers survivants et on reconstruira la ville sur le charnier de leurs dépouilles entassées et les maternités les synagogues les églises les écoles perchées sur des pilotis de squelettes et en rêvant que Dieu m'attribuerait ces jumeaux tant espérés j'ai sombré dans un sommeil délicieux.

Je me suis réveillée pimpante en fin d'après-midi. Vingt minutes plus tard j'assistais avec ma sœur aux vêpres à l'église Saint-Stephan. Prosternée devant le Saint-Sacrement je respirais avidement les vapeurs d'encens. Elles fortifieraient en moi le fruit s'il était là. Sinon elles purifieraient la coquille dans laquelle un jour peut-être il se nicherait. Face à Dieu j'osais espérer sans crainte. Je savais qu'Il ne jugeait pas mon impatience, comprenait ma peine et savait le gouffre de mon chagrin que seul un nouveau-né pourrait combler. Une chrétienne doit enfanter, contribuer à peupler la Terre qu'Il nous a donnée pour théâtre à nos péchés.

— Relève-toi, Klara.

Johanna m'a attrapée par le bras. Je m'étais écartée du banc et m'étais prosternée sur les dalles. J'ai rougi en revenant m'asseoir. Je suis parfois exaltée, les pénitences que m'inflige l'abbé Probst à chaque confession ne m'ont jamais corrigée. Après l'office, Johanna m'a menacée de raconter l'incident à Oncle. Je lui ai serré fort la main. J'ai vu dans ses yeux qu'en définitive elle n'en ferait rien. La soirée s'annonçait fraîche, un petit vent s'était levé.

Quand nous sommes arrivés à la maison, Rosalia racontait une histoire aux enfants assis en tailleur devant elle. Comme chaque dimanche elle passerait la soirée chez sa mère et je l'ai libérée. J'ai emmené les gosses à la salle à manger. Je les ai installés devant des feuilles de papier blanc et des crayons de couleur tandis que Johanna préparait le dîner avec les restes de midi. Depuis la mort de leur mère, Oncle avait décidé que désormais ils m'appelleraient maman. Ils sont les descendants de mon mari, cette exigence est justifiée mais à chaque fois que je les câline il me semble voler ces instants de tendresse à Gustav et Ida allongés pour toujours dans la tombe.

— Aloïs, c'est donc une vache que tu as voulu représenter ?

— C'est Chameau.

— Il n'a pas de bosse.

— Chameau, c'est le chat de la taverne.

— Il s'appelle Tonneau, gros bête.

J'ai passé la main dans ses cheveux. Des fils d'or dont on pourrait tisser des étoiles. Avec ma tignasse noire j'avais fait des enfants bruns au désespoir d'Oncle qui voyait en la blondeur un signe aristocratique.

Angela dessinait un de ces animaux trop invraisemblables pour exister qui germent dans la tête des enfants pas encore habitués aux rigueurs de la réalité. À bientôt cinq ans, il faudrait qu'elle commence à oublier les chimères car il n'est pas bon pour une femme en devenir d'imaginer. Hélas, à mon âge je dois encore faire des efforts pour éviter de m'échapper de mon quotidien en rêvassant. Il sera temps à ma mort de le quitter pour un monde de tourments terribles ou de bonheur extrême dont le rêve sera exclu.

Souvent Oncle ouvre subrepticement avec sa clé, se coule tel un courant d'air dans le vestibule avant que sa voix ne claque soudain dans la pièce comme le fouet d'un cocher.

— Tu n'es plus malade ?

J'ai sursauté et rougi.

— De fait, je me sens mieux.

— Enlève-moi tout ce désordre.

Des deux mains il tira l'oreille des enfants.

— Vous devriez être déjà couchés.

Ils ont fui. J'ai entendu Johanna sortir précipitamment de la cuisine pour aller les mettre au lit.

— Tu as oublié de battre mon uniforme.

— J'allais justement le faire.

Il est parti au salon lire le *Wiener Zeitung*. Il s'enfonçait dans la lecture des pages officielles. Il lisait le moindre arrêté concernant la taille des arbres sur le bord des routes, l'éducation des garçons dans les écoles de l'Empire, la nomination de fonctionnaires ainsi que la kyrielle des promotions dans l'armée, des décorations et décrets concernant l'embauche d'hommes de peine à Debrecen, Pozsony, Graz ou Sarajevo. Je me demande s'il ne s'attend pas dans le tréfonds de son âme à voir apparaître son nom au détour d'un paragraphe.

Son uniforme est suspendu, de même que son épée de service au fourreau d'argent guilloché, dans un placard du vestibule qui lui est dévolu. J'ai flagellé veste et pantalon avec une verge de roseau. Tandis que je refermais le placard, Johanna entrouvrit la porte de la chambre des enfants.

— Ils veulent un baiser.

Aloïs m'attendait debout sur son lit en sautillant d'un pied sur l'autre. Je l'ai serré dans mes bras, je l'ai bordé. Angela somnolait déjà, j'ai effleuré de mes lèvres son front. Oncle aurait voulu qu'on attribue la chambre bleue à Aloïs pour plus d'intimité et de pudeur.

— Une occasion pour toi de mettre de l'ordre dans tout ce capharnaüm.

— Oncle, je préférerais que non.

Contre un des murs de la pièce se trouve le berceau où ils se sont succédé, dans l'armoire sont rangés leurs petits vêtements, sur la table à langer trônent l'ours de Gustav, la poupée d'Ida. Avec Johanna nous nous réunissons souvent là-bas. Nous demeurons debout côte à côte en nous tenant la main et j'ai l'impression que Gustav et Ida sentent notre présence. Je surprends parfois un sourire qui affleure sur le visage de ma sœur et, passant la main sur ma bouche, je m'aperçois que je souris aussi.

Comme chaque soir, nous avons papoté et cousu dans ma chambre. Nous apprécions ce moment de calme avant d'aller nous coucher.

Oncle ne tarda pas à apparaître.

— Il est temps.

Nous nous sommes levées toutes les deux à la fois, mues par un invisible ressort. Johanna rangea en hâte ses affaires dans son cabas et s'apprêtait à se carapater. Oncle la retint.

— Depuis quand n'a-t-on pas lessivé la maison ?
Elle le regarda, interdite. Je me suis enhardie.

— Depuis le premier vendredi de mars.

— Donc ?

— Nous recommencerons demain.

— À la bonne heure.

Franziska est morte poitrinaire. Oncle est persuadé que lors du déménagement le *Mycobacterium tuberculosis* nous a suivis et s'est reproduit à son aise dans notre nouveau logis. Le microbe est un animal minuscule méchant comme le rat, que les scientifiques aperçoivent parfois à l'aide d'une très puissante lunette. Faute de pouvoir l'exterminer, nous devons faire notre possible pour l'empêcher de proliférer et puisqu'on ne peut le distinguer à l'œil nu, mieux vaut partir du principe qu'il peut partout se dissimuler. Cependant, plus nous le pourchasserons plus le rusé *bacterium* aura tendance à se terrer dans les rainures, les fentes, les recoins pour proliférer à l'abri et notre vigilance devra s'accroître avec le temps. Gardant en mémoire le calvaire de Franziska, je dirigeais ces nettoyages périodiques avec rigueur.

D'un mouvement de menton il congédia Johanna.

Elle quitta la chambre à petits pas rapides de hanneton.

Demain, en rentrant du bureau Oncle procéderait à une inspection minutieuse. Il fallait voir dans ce grand nettoyage saisonnier l'équivalent d'une battue quand une armée de chasseurs vide un bois de tout son gibier, exécutant cerfs, furets, renards, lièvres et infimes lapereaux.

Je regrette de m'être approchée du singe car le pelage des animaux fourmille de poux. Sans compter que son maître devait en abriter dans sa barbe et ses cheveux charbonneux. Les poux propagent le typhus dans tout l'Empire. D'après Oncle son seul mérite est de se charger de décimer les prisons comme une peine de mort subreptice. Les criminels et les voleurs sont entassés la nuit dans de vastes cellules insalubres.

Ils dorment là dans une hideuse promiscuité sur des châlits superposés où ils sont la proie de ces prédateurs dont la morsure les conduit à l'infirmerie. Ils se vident en quelques jours de leur substance avant de retourner à la terre sans le luxe d'une sépulture ni le baume d'un *De profundis* et les déportés achevés d'une piqûre de phénol dans les infâmes lazarets des camps.

Triste sort pour ces gredins avant d'affronter le tribunal de Dieu qui pareillement à ceux d'ici-bas les jugera coupables et leur interdira à jamais l'accès au paradis même si les simples voleurs obtiennent peut-être le privilège du purgatoire sans recevoir toutefois aucune garantie d'être un jour rédimés. Tout cela est cruel.

— Être volé ou assassiné est plus cruel encore, a coutume de répondre Oncle.

Il faut se laver chaque jour avec obstination pour exterminer jusqu'aux lentes et les bestioles plus petites encore qui gravitent sur leur dos sans compter d'autres, infimes, que ces dernières abritent dans leurs plis. Les épidermes clairs comme ceux d'Oncle et de ses enfants sont plus propices à la propreté que les peaux mates dont avec Johanna nous sommes recouvertes des pieds à la tête. Nous devons nous frotter vigoureusement chaque matin comme des plats à gratin. Alors que sans prendre le moindre risque, Oncle pourrait se contenter d'un lavage savonné par semaine et le reste du temps promener sur son corps un simple gant de toilette imbibé d'eau chaude.

Un homme comme lui aurait pu prétendre épouser mieux qu'une nièce sans instruction. Quand je fus promue au statut d'épouse j'ai éprouvé une immense fierté.

— Tu rêves ?

Oncle était déjà couché tandis que je lambinais devant la coiffeuse. Il y avait de la joie sur mon visage. Une félicité qui montait de mes entrailles.

— Viens, maintenant.

Je suis venue. Il m'a donné alors une chance supplémentaire de devenir grosse si d'aventure je ne l'étais pas déjà. Quand il fut endormi, j'entrouvris les rideaux. À l'horizon une dernière trace de soleil s'attardait dans la nuit.

Le lendemain, Oncle apparut à la maison en début d'après-midi. Rosalia et Johanna brossaient le couloir tandis que j'encaustiquais notre chambre.

— Il n'est que trois heures.

C'est Johanna qui fit cette observation malvenue. Oncle tonna.

— Et alors ? Je ne suis plus chez moi ?

Il avança lentement sur le sol mouillé, scrutant les espaces entre les lames du parquet. Puis il redressa la tête et nous toisa.

— Vous ressemblez à un dessin comique.

Il est vrai qu'instinctivement nous nous étions toutes trois immobilisées et devions former une image ridicule. J'ai cru bon de m'approcher pour le saluer.

— Que fais-tu ?

— Oncle, je cire.

Il m'a fait signe de retourner m'atteler à ma tâche.

— Allons, reprenez la besogne.

Il fit demi-tour, se dirigea vers la porte qu'il ouvrit d'un geste ample et referma doucement derrière lui.

À cinq heures nous avions terminé. Une absolue propreté régnait dans l'appartement. Non seulement nous avions tué nombre d'exemplaires du microbe mais nous avions débarrassé la maison des cadavres accumulés dont les miasmes sont plus nocifs encore que ceux des vivants. L'existence de cette vermine est si courte que la ponte est son seul moyen de survie. Elle laisse derrière elle les dépouilles de ses précédentes métamorphoses. Les jeunes générations sont à chaque fois plus résistantes. Elles se rient des trop légers coups de brosse qui naguère terrorisaient leurs pères.

Oncle évoqua un jour la possibilité de procéder à une fumigation.

La fumée atteindrait les moindres interstices de l'appartement. Les microbes rescapés suffoqueraient, tomberaient au sol, nous n'aurions plus qu'à les balayer et les jeter au feu pour tuer jusqu'aux rejetons qui continueraient à croître en eux. Mais ils sont si obstinés que certains survivraient à la cuisson et deviendraient plus forts encore d'avoir subi pareil calvaire. Nous n'aurions pas le temps de leur déclarer la guerre que déjà nous serions atteints, malades, asphyxiés.

Par acquit de conscience j'inspectais une dernière fois les pièces à la recherche d'une bribe de tache oubliée quand j'aperçus au salon une trace blanchâtre sur une pampille du lustre. J'ai grimpé l'escabeau mais, prise de vertige, j'ai dû redescendre en hâte pour aller tourner de l'œil sur le canapé.

En rentrant, Oncle m'a reproché cet évanouissement dont Johanna l'avait informé. Je devais me montrer courageuse au lieu de succomber au premier malaise venu. Je donnais le mauvais exemple à Aloïs et Angela qui bientôt se permettraient eux aussi de flancher à tout bout de champ. Je lui ai dit que cette journée de ménage m'avait épuisée.

— Tu crois que je ne travaille pas, moi aussi ?

Il a quitté la chambre. Je craignais de perdre l'enfant. L'évanouissement avait dû le secouer. Quelques grammes d'être vivant, une goutte d'humanité prête à se décrocher et couler comme une larme de sang.

Le soir, j'ai consommé un peu de soupe, sans crème fraîche, sans pain et Oncle m'a vue si pâle qu'il m'a ordonné d'aller dormir. Il m'a réveillée dans la nuit. Une si brève escarmouche que je l'aurais crue faire partie d'un rêve si je ne m'étais réveillée salie à l'aube.

Comme chaque matin j'ai préparé moi-même sa tasse de chocolat tandis que Johanna habillait les enfants. Attablé à la salle à manger il ne disait mot, car dans le silence de son cerveau il examinait sa journée dont il essayait de deviner le moindre aléa. Ses prévisions sont rarement contredites par le cours des événements. Quand il était petit enfant il avait déterminé la vie exacte qu'il désirait mener. Depuis son entrée dans l'administration, il gravissait tranquillement les degrés comme une locomotive montagnarde les rails à crémaillère qui l'amèneront sans encombre au sommet.

Il se méfiait du savoir acquis dans les universités.

— Il n'est pas bon de suivre de longues études qui rendent l'esprit poussif.

L'excès de connaissances embarrasse le cerveau jusqu'à le ballonner comme un repas trop copieux. La vie est un long voyage, mieux vaut ne pas alourdir sa monture. Pareillement, même si l'intelligence est la qualité suprême de l'être humain, il faut savoir la débourrer comme un cheval afin qu'elle ne devienne pas un handicap qui vous empêche en cas de nécessité de simplifier la réalité pour aller droit au but.

Lui-même était parfois conduit à comprimer la sienne comme le buste d'une femme dans un corset.

Avant de partir, il fit remarquer à Aloïs qu'il n'était pas gras. Il lui enjoignit de mettre à l'avenir les bouchées doubles et les enfants affamés épuisés par le travail dans les usines d'armement et ceux qui s'amusent tragiquement en pariant sur le nombre de corps entassés devant les baraques et les petits Tziganes cherchant des présages sur leur avant-bras tatoué et ceux qui tombent sous les coups de matraque des kapos des soldats des chefs de baraque pour un morceau de pain chapardé un calot resté sur la tête au passage d'un SS parce que leur carcasse gelée s'effondre pendant l'appel par un de ces froids où même les tigres des neiges gardent leurs petits au chaud et le lendemain ils ont rejoint le ciel et dans le cou d'Angela une rougeur qu'Oncle effleura du bout des doigts et comme elle se mit à rire sous la chatouille, il la gifla.

Il se tourna vers moi.

— Tâche de bien te porter aujourd'hui.
— Je vous le promets.

Nous attendîmes d'entendre ses pas résonner sur le pavé de la rue pour consoler la gamine qui après son départ s'était mise à pleurnicher.

Je me suis retirée dans la chambre. Aloïs et Angela étaient solides, incassables. Angela avait survécu l'an passé à la fièvre typhoïde et en 1886 Aloïs avait vaincu le croup qui emporterait Gustav en décembre de l'année suivante et bientôt Ida. On m'avait empêchée d'aller aux obsèques de Gustav car je ne maîtrisais pas ma peine. Oncle n'avait assisté à aucun des enterrements car ils s'étaient déroulés pendant ses heures de travail.

Quand Gustav s'était arrêté de respirer toutes les respirations du monde avaient marqué le pas. À chaque fois qu'un chrétien meurt, le monde prend la peine de s'interrompre l'espace d'un instant trop court pour que nous puissions le percevoir. Tout était suspendu et mon chagrin aussi.

Je me prends pour une de ces conteuses dont les légendes se bonifient à force de passer d'une cervelle à l'autre. La plus misérable des histoires aura le temps de se charger de détails, de péripéties, de vérités nouvelles dans la tête du gamin auquel on vient de la raconter avant que, devenu grand-père, il ne la raconte à son tour un demi-siècle plus tard à ses petits-enfants.

J'ai soin de fermer à clé le tiroir qui emprisonne le cahier. Les mots ne peuvent s'évader par le trou de la serrure. Sur le papier ils sont plats, morts, sans nageoires, sans ailes, sans pattes et nul ne les a jamais vus ramper, langue dardée, comme autant de vipères pour mieux s'en aller calomnier le monde.

Calomnier, je n'ai jamais entendu ce verbe chez nous.

Je devrais repousser les phrases trop ornées et luxueuses pour une ancienne domestique. Mon orgueil me coûtera des millions d'années de purgatoire ou même la damnation. Afin de me mortifier je devrais remettre le cahier à Oncle.

Sa colère me glacerait le sang.

Le cahier serait détruit. Il me contraindrait à jurer de lui demander désormais la permission avant de soulever une plume, un crayon, d'utiliser mon doigt pour tracer une lettre dans le vent.

Ma vanité nuit au fruit de mes entrailles.

Dieu pourrait me punir en me flanquant un enfant difforme. Oncle est peu croyant mais il ne supporterait pas les murmures des voisins m'accusant de l'avoir conçu dans le lit du Diable. Je serais renvoyée dans mon village. Ma famille m'accueillerait sans joie. Je travaillerais dans la ferme du mari de ma sœur. M'échoiraient les travaux les plus durs, les plus dégradants. On enfermerait mon enfant dans une cabane en fer. Je lui donnerais le sein à travers un guichet ménagé dans la porte. Les premiers froids le tueraient. On jetterait son corps aux cochons.

Pourquoi sans cesse imaginer ?

La réalité est parfois assez indulgente pour nous épargner certains malheurs.

Il était bientôt onze heures. Johanna était sortie avec les enfants. Maussade, Rosalia préparait le déjeuner. Je l'ai questionnée. On venait de lui faire dire que son grand-père était décédé dans la nuit. Je lui ai donné la permission de se rendre à la maison du mort.

— Je remercie Madame.
— Quand donc sont prévues les obsèques ?
— Sans doute demain.
— Tu iras mais n'en parle pas à Monsieur.

Oncle exigerait que les heures perdues soient déduites de ses gages et la paye d'une domestique n'est pas grand-chose.

— Je me tairai, Madame.

J'ai entendu tomber l'averse sur le rebord en zinc de la fenêtre du vestibule. L'église Saint-Stephan se trouve à cinq minutes de chez nous. J'ai couru là-bas sous mon parapluie. L'abbé Probst priait dans une chapelle latérale. Il m'a demandé de revenir plus tard à l'heure des confessions. Il m'a relevée quand j'ai voulu faire une génuflexion pour m'excuser de l'avoir dérangé.

— Une chrétienne ne s'agenouille que devant Dieu.

— Je vous demande pardon.

— C'est à Lui que vous devrez demander pardon tout à l'heure.

Il m'a congédiée. Avant de quitter l'église je me suis permis une station devant la statue de la Vierge. Je lui ai demandé prospérité et descendance. Je ne voulais pas mourir en ne laissant derrière moi que deux petits squelettes au fond d'une boîte.

Cette prière m'a ragaillardie. Du tabernacle s'échappe le rayonnement des hosties. En elles le Christ resplendit, exulte de la joie de perpétuellement nous sauver. Demeurer un instant dans l'orbe du saint ciboire, c'est être effleuré par Sa grâce. J'envie les habitants des maisons qui entourent Saint-Stephan. Il leur suffit d'ouvrir leur fenêtre pour recevoir les effluves du souffle divin. Par vent d'est, il parvient peut-être jusque chez nous.

L'abbé Probst m'a confessée à quatre heures. Il m'a tancée. Dieu se trouvait partout, son rayonnement était universel. Point n'était besoin de se frotter au tabernacle pour en être irradié. Seule comptait la communion des saints qui au moment de l'eucharistie réunissait au pied de la croix vivants et morts, élus et pauvres pécheurs. Après cette remontrance, je n'ai pas osé évoquer l'écriture à laquelle je m'adonnais. Je lui ai simplement demandé si Dieu pouvait se venger des péchés d'une mère en attaquant sa progéniture.

— Qui croyez-vous être pour revendiquer l'honneur de la vengeance divine ?

Il me demanda alors si Dieu m'avait accordé la grossesse espérée. Je lui ai demandé si au lieu du bébé désiré je n'avais pas plutôt en moi un pressentiment controuvé.

— Quel est donc ce charabia, ma fille ?

C'est malgré moi que j'avais prononcé ces paroles bizarres. Les relents d'une odeur d'encens qui flottait dans l'air me grisaient. Je devais sourire si largement que l'abbé s'en indigna.

— On ne rit pas dans la maison de Dieu.
— Je ne ris pas, je suis heureuse.
— Pourquoi donc ?

Mon visage est tombé entre mes mains. J'ai senti la réalité s'évaporer. Un évanouissement lumineux. Je suis revenue à moi allongée sur une grande table dans la pénombre de la sacristie. La domestique de l'abbé était au-dessus de moi, revêche. Je me suis assise. En me mettant debout ma tête s'est mise à tourner. Elle me proposa un verre d'eau que je bus. J'ai fait quelques pas. J'ai demandé à achever ma confession.

— Monsieur l'abbé est occupé.
— Je ne suis pas absoute.
— Il vous donnera sans doute l'absolution demain.

Elle m'a fait sortir par une porte dérobée. Dans un coin du ciel perçait le soleil malgré la pluie battante. J'ai fait plusieurs fois le tour de l'église. Je me sentais coupable de cet étourdissement. Même une authentique grossesse ne pouvait justifier ces simagrées. Je suis rentrée lentement afin de me laisser tremper en manière de pénitence. Le patron de l'auberge m'a demandé pourquoi je n'ouvrais pas le parapluie que j'avais à la main. Je ne lui ai pas répondu.

— En tout cas, bonjour, madame.

Je n'ai pas voulu me montrer impolie.

— Bonjour, monsieur Burgstaller.
— Entrez donc boire un vin chaud.

— Non, je vous assure.

Il m'a attrapée par le bras. Les vitres de verre coloré éclairaient la salle d'une lumière jaunâtre. Flottait une odeur de bière et de chou. Je n'aimais pas le contact de sa main. Il me semblait qu'il me tenait comme un animal. Il a dit à la servante qui lavait le pavé de s'en aller. Ne restait plus qu'un vieillard assoupi devant sa chope vide. Il m'a bousculée.

— Je vous ai déjà dit de me laisser tranquille.

Je me suis débattue. Il a fini par lâcher prise. Je me suis précipitée dans la cour. J'ai grimpé en courant jusqu'à notre appartement. Je me suis déshabillée et séchée dans la chambre. Le regard de Burgstaller figeait ses proies. D'ordinaire il s'en prenait aux domestiques qui avaient l'habitude d'être utilisées par les hommes. Il devinait que j'avais servi Oncle avant de devenir son épouse. Devaient rester sur mon visage les stigmates de la servilité.

Je suis née à Spital dans une région forestière proche de Vienne d'une sœur d'Oncle mariée à un paysan pauvre du hameau de Weitra. Quand ma mère avait fini son service à l'étable, elle partait à pied faire le ménage chez un fabricant de faïence demeurant à six kilomètres de chez nous. Sans les quelques kreutzers qu'elle rapportait à la maison nous aurions moins souvent mangé. Dès notre petite enfance avec mes sœurs nous tenions la maison et notre frère aidait aux travaux des champs. Il est aujourd'hui mort.

Nous allions à l'école à tour de rôle. Johanna aurait voulu pouvoir nous laisser sa place car ses faibles capacités lui valaient sans cesse des remontrances et, comme elle était bossue, les enfants la moquaient. J'aimais apprendre et regrettais de n'être pas la princesse emprisonnée dans une bibliothèque dont le maître d'école nous avait raconté les aventures.

Lors du dîner, Oncle me demanda d'approcher mon visage de la suspension à gaz. Il se leva de table pour mieux m'examiner.

— Tu as la peau bistre.

En outre, mes pommettes n'étaient pas rosées mais presque mauves comme les cernes de mes yeux qu'il trouva trop enfoncés dans mon crâne. Il redoutait que je contamine Aloïs et Angela sans compter lui-même qui assurait notre subsistance.

— Mon décès signifierait pour vous la misère.

— Vous nous enterrerez tous, m'écriai-je.

— Nous mourrons avant vous, renchérit Johanna.

Il me regarda sévèrement.

— Trop d'étourdissements, de langueur, sans parler de ton teint de moribonde. Il faut que tu voies le docteur Bloch.

J'ai baissé les yeux. La consultation coûterait. Je regrettais d'avance d'être la cause de cette dépense. Souvent, lorsque nous étions malades, Oncle nous envoyait acheter de la sauge chez l'herboriste.

— La sauge guérit tout.

Nous en buvions des litres en infusion, en décoction et frictionnions les zones douloureuses avec les feuilles humides encore chaudes.

— Je pourrais peut-être attendre quelques jours ?

— Pour laisser au mal le temps d'envahir notre nid ?

— Notre nid ?

Il est retourné s'asseoir. Johanna était encore plus impressionnée que moi. Après le dîner nous avons chuchoté dans ma chambre. Je lui ai dit que je croyais être enceinte.

— Tu dois le lui avouer.
— Je n'en ai pas la certitude.
— Si c'était vrai ?

Il me reprocherait alors vertement de l'avoir inquiété pour rien, sans compter cette dépense inutile. Elle posa la main sur mon ventre.

— Il me semble sentir une grosseur.

Elle a posé son oreille.

— J'entends comme un cœur de moineau.
— Tu dis des sottises.
— Je l'ai entendu.

Elle me décrivit un bébé infime dont le corps était déjà formé. À son avis, ce serait une fille car il émettait un son aigu comme le bruit d'un grelot.

— Oncle veut un petit homme, pas une fille qui perdra son nom à son mariage.
— Elle n'aura qu'à rester célibataire comme moi.
— Une fille honnête ne se perpétue pas sans époux.

Elle a pleuré.

Avant de me mettre au lit j'ai ouvert la fenêtre de la chambre. L'air de cette nuit d'été me sembla aussi agréable à respirer que par grosse chaleur boire l'eau fraîche d'un torrent. Des hommes sortaient de l'auberge en critiquant le prince Rodolphe auquel ils reprochaient ses idées révolutionnaires et sa vie de débauché.

Oncle dormait en fanfare.

Mon enfant lui devrait la moitié de son être. Davantage peut-être car on dit que le ventre de la femme n'est qu'un four où gonfle la semence à la manière du pâton qui pendant la cuisson se fait miche. En m'endormant j'ai débouché dans un rêve. Un boulanger me tendait un gros bébé tout enfariné dont le haut du crâne était noir et fendillé d'avoir trop cuit.

Je ne m'étais jamais rendue chez le docteur Bloch. Il s'était toujours déplacé car d'ordinaire quand nous avions recours à lui nous étions trop mal en point pour quitter notre lit. Je suis arrivée essoufflée et suante sous le cagnard d'août. Je me suis rafraîchie à la fontaine qui jouxtait le portail grand ouvert de sa maison en pierres blanches. J'ai traversé une allée plantée d'ormeaux et l'herbe parsemée de têtes tranchées champignons humains poussés dans la nuit et les éclats d'ossements blancs comme des coquillages quand on eut noyé les cendres dans la terre gorgée de sang de pleurs de hurlements et le calme et le silence et l'odeur de néant et quatre-vingts ans après la dernière crémation les chambres à gaz remontent des abîmes et apparaissent çà et là toujours brillantes comme les carreaux de faïence rouges et blancs qui recouvraient leurs parois et j'ai avancé en regardant devant moi pour demeurer dans l'axe de cette journée radieuse. L'espèce d'étui en bois dont les Juifs agrémentent leurs portes était vissé sur le chambranle de l'entrée. D'après Oncle chacun contient un parchemin où sont inscrites des formules tirées de la kabbale – un livre magique plus puissant encore que l'Apocalypse de saint Jean.

L'abbé Probst voit d'un mauvais œil nos rapports avec le docteur. À son avis une famille catholique doit se tenir à l'écart des Israélites. Leur fréquentation fait de nous des complices de la Crucifixion. En leur accordant douze ans plus tôt l'égalité avec les autres sujets de l'Empire, François-Joseph s'était selon lui conduit en scélérat.

— Ce genre d'acte impie annonce l'arrivée de l'Antéchrist. Prenez garde qu'un jour l'un d'eux séduise Angela car ils enlèvent les filles et les rendent salies.

Oncle monta sur ses grands chevaux.

— Je suis officier des Douanes. L'épée que je porte au côté éloignera d'elle les gredins.

L'abbé eut soudain dans les yeux les langues de feu qui le jour de la Pentecôte se posèrent sur les apôtres.

— En me défendant contre le Juif, je combats pour l'œuvre du Seigneur.

— Je ne les aime guère plus que vous mais je suis un homme pragmatique. Ils nous empêchent souvent de mourir quand nous tombons malades et n'ont pas leur pareil pour nous rapetasser après un accident.

Ce peuple a été élu par Yahvé pour son génie. Même si le reste de l'humanité progresse, elle n'a pu encore le rattraper. Oncle avait lu l'an passé dans le *Wiener Zeitung* que plus de soixante pour cent des médecins viennois appartenaient au peuple de Bloch.

— Vous devriez vous méfier de votre inclination pour ces êtres qui sitôt décédés filent en enfer avec armes et bagages sous les aboiements des chiens de Belzébuth, dit aigrement l'abbé.

— Je ne suis pas assez sot pour ne pas les avoir à l'œil.

Désormais, ils affluaient dans la fonction publique. Outre les capacités fameuses de leur cerveau, ils se montraient entre eux plus solidaires que les catholiques.

— Vous critiquez les catholiques ?

— Après tout, votre Seigneur Jésus-Christ était juif lui aussi.

— Vous blasphémez, Aloïs.

Oncle fut vexé que l'abbé l'appelle par son prénom comme un enfant.

— Seuls les impies croient encore à la judaïté de Jésus. En vérité, Jésus est le premier Aryen de l'Histoire. Il a lutté tout au long de Sa courte vie contre les autorités juives. Les Pharisiens en gardent aujourd'hui encore le souvenir cuisant. En outre, brandissant la ceinture qui ceignait ses reins, Il a chassé les marchands du Temple avec la force d'une armée tout entière. Un sacrilège pour ces canailles. Car ce qu'on appelle faussement leur religion n'est en réalité qu'une doctrine destinée à réguler leurs activités commerciales.

Il a soupiré.

— Si seulement ce libertin de saint Paul avait banni l'Ancien Testament qui enjuive tout le christianisme.

Il fit une brève génuflexion. Il regrettait peut-être d'avoir blâmé quelqu'un dont il lui arrivait parfois de citer la correspondance à l'église.

— Quant à vous, dit-il en se tournant vers moi.

Pour donner plus de poids à sa phrase il eut soin de ne pas l'achever.

J'ai beau prétendre que ce n'est pas mon choix de voir ce docteur, il n'en est pas moins vrai que ma santé défaillante est toujours la cause première de ces consultations. Je ne peux donc me targuer d'une innocence absolue.

En tout cas, désormais, Oncle et l'abbé se haïssaient en sourdine.

J'ai carillonné. Une dame m'a ouvert.

— À cette heure le docteur visite ses malades. Il sera de retour vers midi.

— Je reviendrai.

— Vous pouvez l'attendre ici.

À sa façon désinvolte de m'introduire j'ai compris qu'elle était son épouse. Elle m'entraîna au salon, m'invita à m'asseoir dans un fauteuil à oreilles en velours cramoisi et me laissa seule. Je l'entendis dans le lointain donner un ordre. Quelques instants plus tard une servante m'apporta une tasse de café.

Il y avait au-dessus de la cheminée une grande toile représentant le couple et sa descendance. Je leur ai trouvé à tous l'air franc et honnête. Les enfants étaient blonds, le teint du garçonnet semblait plus clair encore que celui de ses deux sœurs. Il était tondu, elles portaient un chignon comme leur mère et le père un chapeau melon et en arrivant on dépouillera leurs arrière-petits-enfants des manteaux doublés d'agneau qui les auront préservés du mal de la mort pendant le voyage et ils auront une seconde vie sur le dos des chérubins d'un de ces officiers qui en passant cravache leur visage et voilà bien un de ces cauchemars digne de la douloureuse éternité des damnés dont me menace l'abbé Probst et leurs bourreaux finiront en enfer où les sbires du Malin les respecteront comme des pairs.

J'aurais aimé qu'Oncle fasse exécuter un pareil tableau. Je préfèrerais cependant poser avec un bébé dans les bras. Quand on est une simple belle-mère il n'est pas utile de se pavaner.

Madame Bloch est revenue. Elle m'a dit que le docteur ne tarderait pas.

— Je peux m'asseoir sur le canapé ? me demanda-t-elle.

— Vous êtes chez vous, madame, répondis-je, gênée.

Elle s'empara d'un sac à ouvrage posé sur un guéridon. Elle s'installa et commença à tricoter. Je lui fis compliment pour le bleu de la laine et la rapidité de son coup d'aiguille. Je me disais qu'elle devait être plus heureuse que moi. Oncle aurait beau s'escrimer, il ne gagnerait jamais assez pour nous offrir une existence aussi confortable. Je lui ai dit qu'elle avait de la chance d'avoir une vie merveilleuse.

— Merveilleuse ?

Je lui ai montré le tableau de famille.

— Vous avez de si beaux enfants.

— Je vous remercie.

Son ouvrage semblait l'intéresser davantage que ma conversation. À présent, je me sentais très à mon aise dans ce salon. Peut-être qu'un jour mon enfant réussira assez brillamment pour faire construire pareille maison. J'avais entendu autrefois à la fin d'un repas d'enterrement mon grand-père éméché – il était aussi probablement père d'Oncle – dire en riant que notre lignée était incertaine. Grand-mère m'avait bouché les oreilles comme s'il avait tenu des propos lestes.

— N'écoute pas ces sottises.

Le jour du baptême d'Aloïs, Johann Prinz avait qualifié d'incertaines les origines d'Oncle.

— Si tu étais par hasard le fils de ce Leopold Frankenberger ?

Un jeune homme d'une bourgeoise famille juive de Graz qui aurait versé une rente à sa mère jusqu'à ce qu'il atteigne l'âge de quatorze ans.

— Même si tu avais raison, par respect pour Johann Nepomuk je refuserais toujours de croire à cette calomnie.

Nous avions peut-être un ancêtre commun avec le docteur. Quelques gouttes de ce sang magique transfigureraient le bébé que j'espérais. J'imaginais une fille aussi blonde que les enfants Bloch épousant un riche chirurgien, un mathématicien, un poète assez matois pour plaire et prospérer. Je n'ai pu m'empêcher de demander à Mme Bloch si elle croyait vraiment que l'étui en bois des Juifs portait bonheur.

— Dans ce cas, nous pourrions en clouer un nous aussi avec à l'intérieur un verset du Nouveau Testament.

Elle a éclaté de rire.

— La mezouzah ?

— Sans doute.

— Vous pouvez toujours essayer.

Je compris qu'elle doutait de l'efficacité de ma trouvaille.

— Mais ce n'est pas un gri-gri.

Le ton de sa voix était plein d'indulgence.

— D'ailleurs, il me semble que pour les chrétiens la croix n'est pas non plus un porte-bonheur.

J'ai baissé les yeux. Elle a repris son tricot. Je n'étais pas fière de moi. Je tremblais à l'idée qu'elle en parle à son mari et j'espérais que le cas échéant il s'abstiendrait d'en parler à Oncle.

À travers la fenêtre j'ai aperçu le docteur arriver. Madame Bloch m'a révélé qu'au retour de ses visites il prenait soin de se laver longuement les mains avec du savon et du bicarbonate.

— Il ne sera pas là avant dix minutes.

Je me suis enhardie.

— Chère madame, pourriez-vous oublier tout ce que je viens de raconter ?

— Mais quoi donc ?

— Quand je vous ai parlé de l'étui.

Elle a souri.

— Je puis vous jurer que je ne m'en souviens déjà plus.

Elle avait l'air sincère mais même les catholiques trahissent parfois.

Le docteur arriva. Il m'emmena par un long couloir vers son cabinet, m'invita à m'installer sur une chaise et prit place derrière son grand bureau de merisier.

— Quelle est la raison de votre visite ?

— Je ne sais pas, docteur.

J'ai sorti de mon sac la lettre cachetée qu'Oncle avait écrite à son intention. Il l'ouvrit avec un coupe-papier à manche d'ivoire. Il extirpa de l'enveloppe un feuillet rectangulaire plié en quatre recouvert des deux côtés de phrases tracées à l'encre violette si minuscules que, malgré les épais lorgnons dont il chaussa son nez, il eut de la peine à déchiffrer. Je tremblais un peu comme s'il était en train de lire l'énoncé d'un jugement qu'il serait chargé ensuite d'exécuter. Il a soupiré plusieurs fois en pianotant sur le buvard de son sous-main avant de lever les yeux vers moi.

— Est-il vrai que vous vous évanouissez souvent ?

— Cela a dû m'arriver deux fois, peut-être.
— Vous toussez ?
— J'ai toussé cet hiver à cause d'un gros rhume.
Il s'est levé. Il m'a désigné du doigt un paravent.
— Si vous voulez bien vous déshabiller.
Il y avait derrière un porte-manteau et un valet de chambre en métal nickelé. Je suis réapparue en chemise.
— Je dois l'enlever, docteur ?
— Oui, madame.
J'ai obtempéré. Il m'a fait asseoir sur le bord de la table d'auscultation. Il m'a écoutée respirer, racler la gorge et il m'a tenu le poignet pour mesurer mon pouls avec sa montre d'or. Il m'a regardée longuement au fond des yeux.
— Vous avez la cornée claire sans aucune coloration jaunâtre.
Il a examiné mes oreilles avec une lunette.
— Pas d'inflammation des tympans.
Il a palpé mes seins.
— Pas de kyste.
Il a posé sa main sur mon estomac.
— Vous souffrez de troubles digestifs ?
— Je ne crois pas.
— De quand datent vos dernières menstrues ?
J'ai pris un air dubitatif car je ne comprenais pas à quoi il faisait allusion.
— Quand avez-vous saigné pour la dernière fois ?
— Vers la mi-juin.
Il m'a renvoyée derrière le paravent pour uriner dans un bocal. Je me suis sentie humiliée quand je l'ai vu examiner le résultat dans un rayon de soleil. Il m'a demandé ensuite de m'allonger sur la table et de placer mes jambes de façon inconvenante avant de faire de

ses doigts un usage obscène. Je crois bien que de honte mon corps tout entier a rougi.

— Vous pouvez vous rhabiller.

J'ai obéi avec soulagement. Un petit miroir était suspendu au porte-manteau. Mon visage était écarlate. J'ai massé mes joues mais cela ne fit qu'aggraver les choses. Je suis allée honteuse écouter son verdict.

— Madame, vous êtes enceinte.

— Vous êtes sûr, docteur ?

— En tout cas je n'ai aucune raison d'en douter.

Je me demandais si Oncle ne serait pas vexé par ce diagnostic qui semblait couvrir ses craintes de ridicule.

— Mais ne suis-je pas malgré tout fragile des bronches ?

— Point du tout.

— Qu'allez-vous écrire à mon mari ?

— Pourquoi voulez-vous que je lui écrive ?

— Il risque de penser que j'exagère.

— Votre grossesse ?

Le docteur se mit à rire.

— Votre grossesse va s'exagérer au fil des mois et même s'exagérer grandement. Tant et tant que vous n'en pourrez plus et que vous serez contrainte d'accoucher.

J'ai souri par politesse.

— Je vais lui écrire un mot malgré tout.

Il s'empara d'une ramette de papier dont il gratta la première feuille de l'extrémité de la plume de son stylographe comme avec une curette une peau louche. C'est du moins cette image biscornue qui me vint à l'esprit. Il me tendit la feuille. Je l'ai pliée en deux.

— Vous ne la lisez pas ?

— C'est une lettre pour mon mari.

— Vous avez raison.

Je lui ai demandé combien je lui devais.

— J'enverrai ma note à la fin du mois.

Il m'a reconduite jusqu'au seuil de la maison. J'étais déjà dans la rue quand je l'ai entendu crier dans mon dos.

— Vous oubliez votre chapeau.

Je suis revenue sur mes pas.

— Merci, docteur.

Je l'ai posé sur ma tête et je suis rentrée en trottant comme un baudet.

Je n'étais tout de même pas rassurée en arrivant au 219 Vorstadt-Strasse.

— Tu es grosse ? me demanda Johanna.

— Je dois en parler d'abord à Oncle.

J'ai gagné ma chambre. J'ai rapproché le fauteuil de la fenêtre ouverte. Je me suis installée tête à l'ombre et les pieds au soleil. Dans quelques années Oncle trouverait peut-être le gamin stupide. Si c'était une fille, il la jugerait laide ou pire, trop jolie pour n'avoir pas le diable au corps et même si elle évitait ces écueils, il lui reprocherait quoi qu'il advienne de n'être pas un garçon. Il avait raillé à Noël dernier cette épidémie de femelles qui touchait Braunau am Inn dont depuis quelques mois la mairie enregistre deux filles et demie pour la moitié d'un garçon.

— Tous ces soldats jamais conçus manqueront un jour à l'Autriche-Hongrie.

J'étais effrayée d'être peut-être grosse d'un de ces garçons manqués au point de naître fille. Malgré tout Oncle semblait aimer Angela. Il la prenait parfois sur ses genoux, la caressant et lui tirant, pour l'amuser, le bout du nez. Il la giflait souvent mais réservait les corrections à Aloïs. Oncle affirmait que dès son plus jeune âge un garçon devait apprendre durement la vie. Il valait mieux peut-être alors que l'enfant naisse fille pour échapper aux coups.

J'ai dû sangloter.

Johanna m'entendit. Elle entra dans la pièce sans toquer.

— Je crois que je me sens mieux.

Mon visage était encore trempé de pleurs. Elle alla mouiller une serviette dans le cabinet de toilette. Je m'en suis débarbouillée. On devrait interdire aux larmes de sortir des yeux. Elles enlaidissent les femmes et dégradent les hommes couards qui les laissent couler.

J'ai déposé la lettre du docteur sur ma table de chevet. Je me suis allongée sur le lit. J'ai posé la main sur mon ventre. L'habitait un objet de chair inconnu. Une fille peut-être mais à force de prières Dieu acceptera sans doute qu'elle naisse garçon.

Par temps de paix, l'état d'officier est enviable.

Au lieu de risquer sa peau sur un champ de bataille il n'aura qu'à défiler sabre au clair sur la Ringstrasse pour signifier au monde la puissance de l'Empire. Je l'imaginais émergeant tout gluant de mon orifice en uniforme de capitaine et se mettre au garde-à-vous pour saluer Oncle.

À quatre heures je me suis rendue à l'église afin d'obtenir l'absolution après la confession interrompue la veille. L'abbé Probst m'accueillit froidement. Je distinguais son visage sévère à travers la grille.

— Alors, ma fille, vous n'allez pas à nouveau tomber en pâmoison ?

— En pâmoison ?

— Récitez-moi la liste des péchés que vous avez commis depuis hier.

— J'ai péché par orgueil.

— Toujours cette incommensurable fierté qui grignote votre âme.

Je lui ai avoué mes coupables rêveries quant à la destinée du petit humain que Dieu avait mis dans mon ventre.

— Dieu n'a rien mis dans votre ventre. Vous prendriez-vous par hasard pour la mère de Jésus-Christ ensemencée par le souffle divin ?

— Qu'Il m'en garde.

— Vous portez en vous un être déjà mauvais, porteur du péché originel qui une fois purifié par le baptême continuera à fauter jusqu'à sa mort et finira peut-être damné.

Ses yeux dans la demi-obscurité comme deux pierres noires et luisantes.

— Êtes-vous certaine d'avoir tout dit ?

J'ai scruté ma mémoire. Dans un coin gisait l'idée que j'avais à la fois construite et exprimée à Mme Bloch d'accrocher à l'entrée des foyers chrétiens un morceau d'Évangile dans une capsule pour porter bonheur à la maisonnée.

— Une mezouzah chrétienne.

Entendant ce mot, tel un diable aspergé d'eau bénite, l'abbé Probst bondit dans la caisse de bois séculaire aux parois brunies par les ignominies que des générations de fidèles avaient crachotées – comme on soulage subrepticement son ventre dans les latrines de la maison d'autrui – dans le conduit de l'oreille des confesseurs qui s'étaient là-dedans succédé. Le bruit résonna dans l'église dont les voûtes ébranlées renvoyèrent l'effroyable écho.

— Vous avez de la chance d'être née longtemps après l'extinction des derniers bûchers de la Sainte Inquisition.

Il m'aurait voulue réduite en cendres ici-bas avant de retrouver mon corps dans l'au-delà afin que je puisse flamber derechef en enfer et cette fois pour l'éternité.

— Je devrais prévenir votre mari de ce penchant à la sorcellerie.

Il fallait être une sorcière pour imaginer enfermer un fragment des Écritures dans un étui destiné à recevoir le fétiche d'une religion assassine.

— Je respecte hélas le secret de la confession, soupira-t-il tristement.

Alors, ce serait à moi qu'incomberait la charge de me dénoncer.

— Par pitié, mon Père.

— En outre, pour votre pénitence vous direz trois rosaires.

Il m'a absoute à voix trop basse pour que Dieu l'entende. Je me suis extraite flageolante du confessionnal. J'ai titubé à reculons. Il a soulevé le rideau et m'a jeté ces derniers mots comme une poignée de cailloux.

— Le baptême n'est pas un dû. Un prêtre a le devoir de refuser ce sacrement à l'enfant d'une mère à la poitrine gonflée d'un lait noir comme le sang de Lucifer car le baptême le fera fils de Dieu sans tenir aucun compte de son infâme destinée.

— Fils de Dieu ?

Même si à son avis il perdrait ce titre dès sa sortie de l'église en pactisant avec le Diable du fond de ses langes.

— Mon Père, je vous en supplie.

— Si ce sacrement lui est malgré tout accordé, le parrain devra abjurer en son nom le judaïsme dont vous l'aurez frotté durant la gestation.

Il disparut derrière le rideau qui trembla pendant plusieurs secondes comme une eau vive.

L'abbé m'avait fait dégringoler de mon perchoir de pécheresse. Les lueurs des bougies semblaient traverser un lac avant de me parvenir. Je ne pouvais toucher le banc auquel j'aurais voulu m'agripper. En levant les yeux je voyais l'orgue qui me paraissait rugir dans la tempête malgré le silence à peine troublé par de rares bruits de pas qui régnait dans l'église. Je devais à nouveau faire corps avec cette réalité à laquelle j'appartenais comme une bête à son étable. Je n'étais qu'un bestiau de Dieu infiniment plus proche de la vache pleine – elle aussi porte neuf mois avant de vêler – que de la Vierge. Supputer le futur dans ce crâne de Pandore fait de viande et d'os que nous portons à l'extrémité de notre cou comme un pot-au-lait, vous ravale au rang de nécromancienne. Puisque l'avenir n'appartient qu'à Lui.

Je parvins à m'asseoir. Je n'osais plus penser mais malgré mes efforts mon imagination se montrait incontinente et je divaguais. Ce péché en mon ventre allait grossir, s'alourdir et en hurlant je finirais par l'expulser comme un boulet de canon.

Les trois rosaires auxquels m'avait condamnée l'abbé me revinrent à l'esprit. Je multipliai dans ma tête cent cinquante par trois et je réalisai que pour aller au bout de ma peine je devrais réciter quatre cent cinquante *Je vous salue Marie*.

Les cloches ont carillonné.

Quand Oncle rentrera je devrai trouver le courage de passer aux aveux. Je me tiendrai à l'écart et les soufflerai jusqu'à lui comme un sauvage des flèches empoisonnées avec sa sarbacane.

Ces rosaires je les dirai à jeun.

Bras en croix, agenouillée, sur le carreau nu du couloir. Les martyrs avaient souffert bien davantage quand les lions les déchiquetaient. Je me suis levée, à présent mes jambes me portaient solidement. Ma démarche était rectiligne et la réalité bien ordonnée autour de moi. Je me suis dirigée vers les fonts baptismaux où le péché originel de mon enfant sera dissous.

Qu'il soit plongé tout entier dans le baptistère.

Qu'on le maintienne assez longtemps pour que ses poumons se gonflent d'eau bénite. Un être purifié jusque dans ses fibres les plus infimes désormais aussi étanches au mal que le Christ. J'imaginais Jésus le tenant par la main, le promenant, le baisant sur la joue comme un petit frère.

Je résolus de me confesser aussitôt de ce blasphème d'avoir eu l'impudence d'imaginer le fils d'Oncle frère du fils de Dieu, afin de ne pas rentrer l'âme tachée à la maison. On voyait les pieds de l'abbé Probst dépasser du rideau et frapper nerveusement le sol du confessionnal. Cependant, la place du pénitent était vide. Je me suis permis de m'installer.

— Que voulez-vous encore ?
— Je viens de pécher gravement, mon Père.

— On ne se confesse pas sans cesse comme on s'essuie les lèvres entre deux bouchées. Avant de vous présenter à nouveau devant moi, avouez d'abord ce sacrilège à votre mari et dites vos trois rosaires.

— Mais si, souillée par ce péché, je mourais cette nuit ?

— Alors, vous seriez jugée par Lui et peut-être iriez-vous en enfer avec le pécheur dont vous êtes garnie.

L'abbé fit un signe de croix puis il quitta le confessionnal et disparut dans la sacristie dont il claqua la lourde porte.

Oncle est rentré à six heures du soir. Il est allé se changer dans la chambre. J'ai pendu son uniforme dans le placard. Je l'ai rejoint à la salle à manger où, concentré sur sa tâche à l'extrême, il astiquait son épée de service. Le reflet de son visage apparaissait parfois sur la lame frappée de l'aigle impérial et il s'immobilisait un instant pour le contempler.

Les fonctionnaires constituent aujourd'hui le terreau d'une nouvelle aristocratie. Les entrepreneurs, les ouvriers, les propriétaires terriens, les paysans, la noblesse elle-même sont en passe de n'être plus que la valetaille de l'État. De par ses fonctions Oncle se trouve à la jointure de l'Empire austro-hongrois et de celui d'Allemagne, au cœur du monde nouveau par où transitent hommes et biens jusqu'à la Russie et les portes de l'Asie.

— Oncle, voici la lettre du docteur.

Il la lut calmement puis me demanda pourquoi je lui avais caché mon état.

— Tu devais bien te douter qu'il y avait anguille sous roche ?

— Si je m'étais trompée, vous auriez été déçu.

— Qu'en sais-tu ? J'ai déjà un fils solide, pourquoi supposer que j'en voudrais un autre ? Assieds-toi. Il n'est pas bon pour une femme enceinte de rester debout.

Il a déposé ma main dans la sienne.

— Allons, c'est une très bonne nouvelle mais tu es fourbe. Tu ne peux t'empêcher de dissimuler. Jure-moi que tu seras franche désormais.

— Je vous le jure, je vous le jure.

— On ne jure pas deux fois.

— Je vous le jure.

Il a appelé Johanna et Rosalia. Il leur a signifié ma grossesse.

— À l'avenir, vous la déchargerez de tout travail pénible.

Elles le regardaient interdites. Il fit une sorte de chasse-mouche avec sa main pour leur enjoindre de déguerpir. Les paroles de l'abbé Probst ne cessaient de serpenter dans ma tête. J'ai pris mon élan avant de rapporter précipitamment à Oncle mon idée saugrenue et de me recroqueviller aussitôt sur ma chaise.

Il éclata de rire.

— Je vous en supplie, murmurai-je, terrifiée.

Il me tapota la nuque.

— C'est dans la nature des femelles de dire des imbécillités. Tu n'as pas fait de nous des Juifs pour autant. Cet abbé Probst est un pitre. On pourra un jour se passer de la religion pour dompter le peuple.

Je me suis redressée peu à peu comme une fleur dont la corolle pend sur la tige et qu'on requinque en changeant l'eau croupie du vase.

— Souris donc. Ce soir nous sommes gais.

J'ai obéi. Il ordonna à Rosalia de descendre à l'auberge chercher trois parts de sachertorte. La soirée fut aussi délicieuse que le gâteau. Ma grossesse ne fut pas un obstacle pour Oncle cette nuit-là. J'eus la sensation qu'il crachait sa semence au visage de l'enfant.

Toutes les familles ont une histoire. Certaines sont pareilles à celles qu'on se racontait autrefois au coin du feu dans les campagnes illettrées auxquelles j'ai eu naguère la vanité de comparer mes pauvres mots. Des contes brumeux dont chacun dévide sa version au fil des veillées. Les personnages se ressemblent chaque soir un peu moins, portent des noms en perpétuelle métamorphose, gagnant une syllabe, perdant une diphtongue et certains grossiers patronymes de sortir soudain de leur chrysalide pour devenir, comme celui qu'inventa Oncle, élégants comme des dandys.

Une tourbe, un magma, une mare d'ancêtres incertains.

Trop de vagabonds ont profité de l'incurie pour séduire des filles peu farouches à force d'être passées de bras en bras depuis leur nubilité dans les vastes paysages impossibles à surveiller où sont disposés les villages, les hameaux, les fermes isolées plongés dans l'obscurité complice dès la nuit tombée. On voit des hommes courtiser sans honte leur mère, leurs enfants montés en graine, leurs frères, les bêtes de l'étable, du poulailler et convoiter les animaux féroces du fin fond des forêts.

Je venais d'avoir quinze ans quand la domestique d'Oncle se maria. Il me demanda à mes parents pour la remplacer. Je rêvais d'épousailles avec un jeune maquignon du village voisin mais on décida à juste titre qu'il s'agissait d'enfantillages et on m'envoya à Braunau am Inn où il vivait avec Anna.

Elle avait depuis sa naissance une jambe raide qui entravait sa marche. En outre, elle était poitrinaire comme le fut plus tard Franziska. Elle se conduisit envers moi en maîtresse austère et juste.

La maison était étroite, longue, haute de deux étages. Grimpée sur le toit, je regardais la gare de Simbach illuminée dès le crépuscule par ces puissantes lumières électriques qui éblouissaient les chevaux traînant carrioles, fiacres et diligences sur les routes en surplomb de la ville.

Il m'arrivait d'aller contempler le défilé des wagons sur le bord d'un talus.

J'enviais les gens installés dans les fauteuils de cuir fauve. Ils ressemblaient à ceux des affiches de la compagnie commanditaire dont d'ailleurs le dessinateur avait dû s'inspirer et le nombre des immolés inscrit sur le flanc des voitures et par une lucarne s'envolait le Kaddish chanté par un fils serrant contre son cœur le cadavre de sa mère morte de froid de soif étouffée dans la foule comprimée des condamnés et Oncle dit que les voies ferrées deviendront non seulement les artères mais les veines et les capillaires du continent.

— Bientôt on pourra circuler sans poser un pied à terre.

Et permuter les villes qu'on déplacera maison par maison délicatement déposées sur des plateformes roulantes. On purgera enfin l'Autriche-Hongrie de ses incapables qui partiront comme des escargots crever de faim dans un ravin sous les gravats de leur carapace tandis que jusqu'au lac Baïkal notre armée exportera l'Empire. Un jour les routes seront comblées, le train régnera, évitant à l'humanité de faire un pas de côté, de se perdre, de s'évader du monde.

Oncle venait de temps en temps me chatouiller à la cuisine en posant sa main sur ma bouche pour épargner le bruit de mes petits cris à Anna dont les migraines ravageaient l'existence. Je ne crois pas qu'autre chose ait eu lieu entre nous à cette époque mais si cela fut, Dieu dans Sa clémence l'a effacé car Il est tout-puissant et peut accomplir le miracle que des événements réellement advenus n'aient pas existé et Il pourrait supprimer n'importe quelle guerre dont aussitôt les martyrs n'auraient jamais souffert et ne seraient pas morts sous les balles les coups la torture et n'auraient pas été jetés éventrés dans un charnier avant d'étouffer sous les strates de cadavres et la chaux vive et au lieu d'avoir été sacrifiés, ils auraient connu la vie ordinaire et grise que mènent les peuples heureux.
Mais Dieu l'a voulu, Dieu l'a fait, Dieu assassine ses marionnettes à Sa guise.

Quatre années après mon arrivée, Oncle fit la connaissance de la serveuse de brasserie Franziska Matzelberger. Anna était cacochyme, elle approchait la soixantaine, Franziska était fringante, elle avait dix-neuf ans.

Il lui céda.

Désormais il me tint à distance, m'empêchant même de tendre mon front pour le lui faire baiser.

— Tu n'es plus une gamine, tu dois te garder des hommes.

— Je vous assure que je m'en garde.

Mon affection pour Oncle était d'autant plus grande que mon père ne m'en avait jamais prodigué et ma mère fort peu. Quant au maquignon dont j'avais un temps rêvé d'être l'épouse, il était bourru.

La nuit, il recevait Franziska en catimini dans la pièce qui pendant la journée servait de boudoir à Anna. Elle dormait profondément sous l'effet du puissant soporifique que son médecin lui prescrivait. Une nuit pourtant, elle se leva et les surprit. Au matin elle signifia à Oncle sa décision de rompre. Elle continuerait à occuper l'appartement dont elle était propriétaire et conserverait les meubles qu'elle avait achetés au moment de leur mariage. Elle avait payé aussi son nouvel uniforme d'officier fraîchement promu dont, redoutant de ne pas trouver d'acheteur à sa taille, elle lui fit grâce. Il essaya de négocier une date de départ lointaine mais elle lui donna quinze jours pour déguerpir.

Les souffrances physiques et le chagrin avaient durci son cœur.

Le 7 novembre 1880, la séparation de corps et de biens fut prononcée par le tribunal d'arrondissement de Braunau après seize années de mariage. Elle décéda deux ans après. Au fond de son cœur, Oncle lui reprocha de n'avoir pas eu la patience d'attendre que la mort dissolve leur union sans bruit. Elle était trop atteinte pour douter de sa fin prochaine.

Franziska fut grosse du petit Aloïs au printemps 1881.

Notre nouveau logement était situé dans une ruelle humide dont pour des raisons d'hygiène publique tous les bâtiments ont été abattus depuis. Franziska fut envoyée à Vienne à la fin de l'année. L'enfant naquit discrètement loin de Braunau un 13 janvier. Elle est revenue au printemps. Une amitié s'est nouée entre nous devant le berceau d'Aloïs. Nous nous levions la nuit chacune à notre tour et si je ne pouvais lui donner le sein du moins le changeais-je, le berçais-je, l'embrassais-je à bouche que veux-tu comme s'il était le mien.

À la fin de l'automne Franziska fut grosse à nouveau.

Je passais de longs moments auprès d'elle car elle avait commencé à tousser, cracher du sang et elle restait couchée une partie du jour. Elle essayait encore de nourrir Aloïs mais son lait se faisait rare et clair. C'est à cette époque que je vis le docteur Bloch pour la première fois. Il ordonna l'arrêt immédiat des tétées et demanda qu'on nourrisse dorénavant le petit de lait d'ânesse.

Oncle refusa car il craignait qu'il fasse de l'enfant un stupide et un obstiné. Le docteur crut qu'il plaisantait.

— N'est-ce pas ?

— Bien entendu, je ne suis pas homme à croire pareilles billevesées.

Il m'interdit cependant de battre la campagne pour en trouver.

— Donne-lui du lait de vache, nous en buvons bien, nous autres.

En cas de fièvre, le docteur recommanda de faire boire à Franziska de petits verres de vin de quinquina.

— Et puis transportez-la au soleil à la moindre éclaircie, les rayons ont un puissant effet thérapeutique.

Les jours de beau temps je l'aidais à marcher jusqu'au square. Nous nous installions sur un banc baigné de soleil. Elle n'en déclinait pas moins à mesure qu'en elle Angela prenait ses aises.

Quand Anna fut morte, Oncle se remaria.

Le 22 mai 1883, mariage avec Franziska. Témoins, Ludwig Högl et Karl Wessely. Curé, Johann Neisser, paroisse de Ranshofen. Dot, mille florins.

Si je me montre aussi précise c'est qu'Oncle connaît par cœur sa vie. Il a souvent récité cet épisode en ma présence pour me rabattre mon caquet.

— Dot, mille florins.

Une somme qui représentait dix fois son traitement de l'époque. À leur décès mes parents ne nous laisseraient rien. J'étais pire qu'une orpheline car l'État me réclamerait le remboursement des cercueils dans lesquels on les enterrerait et dont le contenu de la boîte en fer remplie de petite monnaie qu'ils laisseront derrière eux en guise de patrimoine ne permettra pas d'acquitter le premier clou.

Encore aujourd'hui, je suis honteuse de n'avoir fait qu'appauvrir Oncle de ma bouche inutile.

20 juillet, naissance Angela. Sage-femme, Johanna Prinz.

Cette naissance marqua le début de son calvaire. Pendant le travail elle perdit connaissance à deux reprises tant elle était affaiblie. La tuberculose grignotait déjà ses poumons à bas bruit. Après la délivrance la fièvre monta tant, que le docteur Bloch craignit la mort. J'ai tellement prié Dieu que quelques jours plus tard elle retrouva l'appétit qu'elle avait depuis longtemps perdu. Elle reprit du poids, recommença à sortir, poussant fièrement le landau tandis que je portais au bras le petit Aloïs. Elle avait en outre retrouvé assez de force pour allaiter.

Hélas, elle n'était pas pieuse et refusait de venir avec moi à l'église. Elle se moquait parfois quand elle me surprenait agenouillée.

— Tu vas tourner bigote.

— Mes bigoteries ont convaincu Dieu de te laisser vivre.

Elle haussait les épaules.

— Prends garde, lui disais-je en me signant, Il pourrait changer d'avis.

Quand Oncle était présent il ricanait avec elle. S'il m'arrivait d'insister, il me faisait taire. L'avant-veille de Noël elle prit froid. Je lui ai demandé de se repentir.

— Je t'assure que je n'ai rien fait de mal.

— Repens-toi quand même.

Trois jours plus tard la fièvre tomba mais elle était la proie de quintes de toux sanglantes. Afin de ne pas l'effrayer, je priais à voix basse dans le couloir. J'aurais voulu souffler mes prières sous la porte de sa chambre afin qu'elles se répandent dans la pièce comme des vapeurs d'eucalyptus.

Ses seins étaient taris.

Angela fut nourrie au biberon comme désormais son frère qui commençait à prendre en sus un peu de bouillie. L'hiver fut rude mais les rares journées ensoleillées étaient l'occasion d'approcher son lit de la fenêtre. Je me plaçais alors de l'autre côté de la rue avec un miroir pour lui renvoyer les rayons qui n'atteignaient jamais notre façade orientée vers le nord. Au printemps, elle se leva et se risqua même à sortir.

Il fut décidé qu'elle irait achever de se requinquer chez sa mère dont la maison lumineuse était entourée d'un jardin boisé. Elle habitait non loin, à Ranshofen. Je pus lui rendre de fréquentes visites. Mais elle se languissait loin des enfants, d'Oncle, de son foyer. Je la ramenai un matin, recommandant au cocher de tenir son cheval car chaque cahot lui arrachait un cri.

À son retour elle accepta de venir avec moi à confesse. Le curé de la paroisse n'était pas encore l'irascible abbé Probst mais un vieil ecclésiastique fatigué. Quand elle lui avoua son impiété il ne vit aucun inconvénient à l'absoudre. Elle eut cependant la regrettable idée de lui rapporter sa façon parfois moqueuse de considérer les prières que j'adressais à Dieu pour sa sauvegarde. Il l'informa que Dieu pardonnait les crimes commis contre le Fils mais jamais ceux perpétrés contre l'Esprit.

— Vos moqueries à l'endroit de cette servante Klara priant pour vous reviennent à refuser la grâce de l'Esprit-Saint. Par chance le mal qui vous emportera vous a laissé le temps de vous repentir car si vous étiez morte sans confession, saint Pierre vous aurait refusé l'accès au Ciel et envoyée en enfer à coups de pied au derrière.

La mort prochaine de Franziska se lisait sur son visage mais il aurait pu s'abstenir de l'évoquer en la réprimandant.

Elle revint à la maison terrifiée et les habitants apeurés des maisons explosées et les déchiquetés et les blessés achevés et les boiteux et les valides en procession vers la clairière et ils creusent une tranchée avec des pelles et des bâtons et leurs mains nues et quand elle sera devenue assez profonde elle les avalera

petite bouchée d'humanité et quand Oncle sut que j'étais la cause indirecte de la frayeur de Franziska il leva la main sur moi. Il essaya ensuite de la rassurer de son mieux mais désormais elle enchaînait du matin au soir actes de contrition et prières à Marie.

— Tu crois que je vais mourir ? me demandait-elle de sa bouche qu'on distinguait à peine du reste de son visage creusé, marmoréen jusque dans ses veinules apparentes et bleues. Elle avait peur des flammes.

Pendant qu'Oncle était à son travail, nous priions toutes deux d'arrache-pied. Nous ne nous interrompions qu'à midi pour déjeuner succinctement. Le soir nous étions épuisées comme après une longue course mais elle avait au fond des yeux une lueur d'espérance qu'en récompense Il lui accordait dans Sa mansuétude. Je crois qu'Il avait déjà pris sa décision mais les mensonges de l'Infiniment Bon dans Son infinie sagesse ne sont des péchés envers personne.

— Klara, je sens qu'Il m'accorde de survivre.
— Rendons-Lui grâce.

Certains jours, Dieu, attendri, hésitait peut-être encore car elle reprenait soudain des forces, parvenait à descendre l'escalier sans que je la soutienne, à marcher vivement dans la rue et quand nous remontions j'avais plaisir à voir ses joues fraîches couleur de lys et de rose.

Dans la nuit du 15 au 16 mai, elle cracha tant de sang que je crus qu'elle mourrait exsangue à l'aube.

Pour remplacer celui qu'elle expectorait quotidiennement, le docteur Bloch prescrivit du sang de bœuf. J'allais chaque matin en remplir une petite gourde à l'abattoir. Je l'entourais d'un vieux morceau de fourrure pour l'empêcher de refroidir. Enfant, il m'arrivait de boire en cachette au pis de la vache. Me venaient à l'esprit des visions de mammifères aux mamelles gonflées de sang.

Parfois Oncle retardait son départ au travail pour la tenir pendant que je vidais lentement le liquide tiède dans son gosier. Quand il était parti, je la consolais en lui promettant que Dieu peut-être dans Sa générosité avait transsubstantié ce sang de bête en sang du Fils. Malgré son dégoût, elle faisait alors tous ses efforts pour ne pas rendre.

Oncle ne pouvait plus dormir avec Franziska car elle dégageait l'odeur de l'huile camphrée dont on lui frottait la poitrine et cela l'insupportait. Il n'y avait pas de canapé au salon. L'achat d'un lit d'appoint ou d'un simple matelas ne lui sembla pas raisonnable étant donné que bientôt elle nous quitterait. Alors, il décida de partager le mien. Les premières nuits il me tourna le dos mais le corps des femmes est tentateur. J'eus beau l'emmailloter chaque soir afin d'écraser ses rondeurs, il finit par s'en rapprocher. Je protestai mais il ne pouvait rien faire contre cette force qui l'attirait à moi.

Je luttai malgré tout.

Il me suivait dans la maison quand je devais me relever pour aller consoler un des enfants réveillés par un mauvais rêve, lorsque je m'en allais boire une gorgée d'eau, quand j'allais m'assurer que Franziska dormait paisiblement.

Le huitième soir il m'avoua son impuissance à maîtriser sa convoitise.

— Mieux vaut que tu cèdes avant qu'elle ne me pousse à la violence.

Je résistai deux nuits encore mais il ne pouvait plus réprimer sa rage. Au matin ma poitrine était bleue, ce qui n'était pas si grave puisque mes vêtements la dissimulaient. Hélas, bientôt fleurirent sur mon visage les premières ecchymoses. À chacune de mes sorties, je devais désormais porter un chapeau à voilette.

— Oncle, puisque l'odeur ne me dérange pas, pour vous éviter la tentation, je pourrais partager le lit de Franziska ?

Il prétexta le risque de contagion car le docteur Bloch lui avait révélé quelques jours plus tôt que la tuberculose était véhiculée par d'infiniment petits êtres qui se reproduisaient dans les corps malades avant de s'envoler par escouades pour infecter les corps sains. Le docteur venait de lire un article sur les travaux de Louis Pasteur dans une revue médicale française.

— Une revue écrite en français ?

— Ces gens-là parlent beaucoup de langues, murmura Oncle.

Il était impressionné par son savoir plus étendu que ceux de bien des professeurs viennois. J'imaginais le docteur relié au monde entier par l'entremise de tous ses coreligionnaires dont chacun détenait une partie du savoir de l'humanité. Son réseau de relations aux ramifications infinies devait recouvrir la terre comme une toile d'araignée. Il lui suffisait de jeter une question dans la boîte aux lettres pour en recevoir la réponse par retour du courrier. Grâce aux données contenues dans le cerveau de chacun de ses correspondants il disposait de la totalité du savoir de la planète.

Certains de ses congénères inventaient sans doute des médicaments dont ils faisaient profiter prioritairement leur famille, son cercle élargi et, de proche en proche, tout le peuple d'Abraham. Nous ne pouvions prétendre en bénéficier.

— Tu oublies que certains savants ne sont pas juifs.

D'ailleurs Oncle ne savait rien de ce Pasteur qui après tout ne l'était peut-être qu'à moitié.

— Pas du tout, peut-être.

Je me suis demandé si en réalité il n'avait pas abandonné le lit conjugal par peur des microbes. D'ailleurs, j'ai enduit ma chevelure d'huile camphrée sans qu'il me fasse la moindre observation. Au contraire, son ardeur à me contraindre redoubla.

Il se méfiait de plus en plus de Franziska. Il fit vider l'armoire de ses affaires qu'il fallut pendre aux fenêtres pendant plusieurs jours afin que le vent emporte les microbes puis on dut les repasser à l'envers pour brûler vifs les survivants.

Il ne pénétrait plus dans sa chambre.

Il me demandait parfois de lui apporter quelques encouragements à guérir griffonnés sur une carte qui la faisaient éclater en sanglots. Oncle soupirait quand je lui apprenais son chagrin. Il ne sollicitait même plus le docteur Bloch qui aurait coûté pour rien car il l'avait déclarée perdue. Lors de sa dernière visite je m'étais permis de lui demander s'il n'existait pas un remède caché dont il pourrait faire usage.

— Où se cacherait-il donc ?
— Quelque part, dans un pays.
— Quel pays ?

J'ai bredouillé que je n'en savais rien. Il a tristement souri. Je n'avais pas osé lui promettre que je me convertirais à sa religion s'il acceptait de faire en sorte que Franziska soit sauvée.

Lorsque je suis allée me confesser ce matin-là, le curé m'a demandé de relever ma voilette afin que Dieu puisse me dévisager. Il me fallut obtempérer et lui dire le pourquoi de l'état piteux de mon visage. Il mit en doute ce désir tout-puissant qui la nuit tombée ferait d'Oncle une sorte de Golem. Il demanda à le rencontrer.

Oncle ricana.

Étrangement, il accepta malgré tout de se déplacer. À son retour, il m'annonça que le prêtre lui avait dit que nous ne devions pas lutter davantage contre la concupiscence car elle était une lointaine émanation du Malin qui pourrait se déplacer en personne pour nous damner si nous persistions à le contrarier.

Au matin, le drap était taché de sang.

J'eus honte d'être l'objet par lequel Oncle avait commis l'adultère. Il avait attendu que je m'endorme. Je me souvenais d'un cauchemar douloureux dont j'avais refusé de me réveiller afin que la volonté de Dieu s'accomplisse sans que je sois tentée de m'interposer.

Le vieux prêtre me traita de menteuse quand, pour justifier mon péché, j'évoquai le compte rendu que m'avait donné Oncle de leur entrevue. Il m'interdit de pénétrer désormais dans l'église.

— Elle n'est pas un lupanar, la maison de Dieu.

Je cessai de me confesser mais continuai à assister à la messe dissimulée derrière un pilier. De toute façon sa vue était trop basse pour me distinguer parmi les fidèles.

L'été avançait, torride. Toutes fenêtres ouvertes, en dépit de l'absence de soleil, nous rissolions. Une vapeur brûlante s'élevait de la ruelle que la proximité d'un champ d'épandage maintenait boueuse, alors que, le soir venu, des employés municipaux traînant des citernes aspergeaient le reste de la ville sec comme l'amadou. Le corps squelettique de Franziska transpirait nuit et jour sur son lit détrempé. Elle délirait, voyait des animaux tergiversant dans les airs, des monstres rampant sur le plancher. Elle prenait le bourdonnement des mouches pour le glatissement d'un aigle, les cris des enfants pour des rugissements. Je m'étendais sur elle pour faire bouclier de mon corps.

Une nuit, elle a réussi à déplacer son corps léger comme une vapeur jusqu'à ma chambre. Elle nous a vus pécher de ses yeux de mourante.
— Avec mon homme, tu fais quoi, Klara ? Tu fais quoi ?
Elle pinça ma joue de ses doigts étiques. J'aurais voulu lui expliquer qu'Oncle n'était pas coupable d'utiliser mon corps. Mieux valait cependant éviter d'ajouter à sa souffrance par un aveu. Je l'ai ébaubie d'espérance.
— Tu vas guérir, cet hiver tu joueras dans la neige avec les mioches.
— Comment tu le sais ?
— Le docteur Bloch l'a dit.
— Pourquoi il ne vient plus ?

— Il visite dans le monde sa parenté.
— Dans le monde entier ?
Je lui ai dit que sa famille peuplée de savants était infinie. Il reviendrait bientôt avec un nouveau remède.
— C'est un grand médecin ?
— Immense.
Nous nous sommes étreintes. Elle me serra avec une force dont je ne la croyais plus capable depuis longtemps. Puis elle retomba sur ses oreillers, épuisée par cet effort démesuré. J'ai décidé de garder en moi ma faute. Il était normal que j'en souffre. Le vieux curé m'avait refoulée plusieurs fois du confessionnal où je m'étais agenouillée en fraude tête baissée. J'avais changé d'église. Un jeune prêtre m'avait donné l'absolution. Quand j'étais revenue le voir il avait refusé de m'absoudre à nouveau pour un péché dont je savais par avance que je le commettrais derechef quelques heures plus tard.

Quand bien même Dieu aurait consenti à m'accorder chaque matin sa miséricorde, il me semblait que seul le pardon de Franziska aurait eu le pouvoir de me sauver. Hélas, je lui aurais fait tant de mal en lui disant la vérité que j'aurais hâté sa fin et serais de la sorte devenue coupable d'un crime dont à bout de remords je me serais peut-être punie par le suicide et la damnation qui s'ensuivrait.

Un lundi en fin de matinée, Oncle débarqua à la maison avec un homme en costume noir qu'il introduisit aussitôt dans la chambre. Franziska poussa un cri. Il réapparut peu après et s'en alla. Une semaine plus tard il revint avec deux aides apporter un cercueil à ses mesures. Ils le déposèrent en face du lit.

Elle somnolait à ce moment-là et ne vit pas entrer la boîte dans laquelle on l'emporterait. Je l'ai recouverte de coussins. À son réveil, elle crut à un divan destiné à lui permettre de faire la sieste quand elle serait convalescente.

Franziska réclamait Oncle dès qu'elle l'entendait rentrer. Malgré ses supplications, il refusait de venir à son chevet. Ils communiquaient grâce à un long tuyau en caoutchouc au travers duquel ils jetaient tour à tour des paroles dans l'oreille de l'autre comme avec un cornet acoustique à double entrée. Il se postait au milieu du couloir éloigné de trois ou quatre mètres de la porte de la chambre à peine entrebâillée pour laisser passer le conduit. Il refusait de prolonger la conversation au-delà de quelques minutes car il accusait les microbes de se mêler aux paroles de Franziska et il ne voulait pas leur laisser le temps de ramper jusqu'à lui. La conversation terminée, je le mettais à tremper dans une bassine de vinaigre.

Même épisodiques et déformées, les paroles d'Oncle l'apaisaient. Elle avait de moins en moins la force de lui répondre.

Elle agonisait depuis deux jours et trois nuits. Oncle refusait désormais d'utiliser cet artifice. Il prétendait qu'avant de tuer leur hôte les microbes devenaient fous à l'idée que bientôt leur habitat se réduirait en poussière. Ils étaient mus par l'énergie du désespoir qui les faisait rapides comme des étoiles filantes. Il exigea qu'en sa présence la porte soit calfeutrée avec de l'étoupe afin de faire de la chambre une boîte étanche dont on tiendrait la fenêtre close une heure au moins avant l'heure prévisible de son arrivée à la maison et tout autant avant son départ le lendemain matin car les bestioles auraient pu à son passage fondre sur lui.

Il me recommanda de porter une serviette devant ma figure pour me protéger. Mais cet accoutrement épouvanta Franziska.

— Lavandière de la nuit.

Elle répétait ces mots dans un souffle. *La Lavandière de la nuit*, une légende effrayante qui se murmure à la veillée. Une femme lavant un linge blanc dans une rivière apparaît, dit-on, en rêve, à celui que la mort va emporter. Je dénudai aussitôt mon visage, serrai sa main dans la mienne, couvris ses joues de baisers. Elle ne pouvait plus verser de larmes. Elle s'asséchait. Elle n'absorbait plus aucune nourriture depuis près de deux semaines et rendait l'eau que je versais goutte à goutte dans sa bouche.

— Aloïs.

Elle prononça si tendrement son nom du bout des lèvres que je crus qu'elle parlait du petit. Je le lui ai amené avec Angela. Ils ne l'avaient pas vue depuis longtemps. Malgré la fièvre, elle avait la couleur blafarde des cadavres. Aloïs a quitté la pièce en criant. Angela a fondu en larmes tandis que sa mère la regardait pétrifiée. J'ai remporté la fillette.

Pendant toute la soirée les enfants furent perturbés. Aloïs tentait de s'échapper de l'appartement comme s'il cherchait à fuir cette maison qui sentait la mort. Quant à Angela, elle demeurait prostrée sur sa petite chaise comme une vieille.

Le lendemain elle réclama à nouveau Oncle. J'eus l'idée de dérouler le tuyau et d'imiter sa voix. Quand je suis revenue à son chevet, je la trouvai rassérénée. Sa respiration était toujours rauque mais moins syncopée. J'ai recommencé le jour suivant.

Nous étions le 10 août 1884.

Après lui avoir longuement parlé, j'ai rangé le tuyau dans la bassine et suis allée lui porter un bol de bouillon dont j'escomptais lui faire absorber une cuillérée.

Je la retrouvai morte.

Elle me regardait tranquillement comme si j'avais été un bouquet de fleurs. Je l'ai prise dans mes bras. La fièvre était déjà tombée. Elle était tiède comme une vivante. En rentrant de son travail, Oncle m'a arrachée à elle puis il est parti en courant se frotter des pieds à la tête avec de l'esprit-de-vin pour tuer les microbes qui le démangeaient déjà comme des puces.

La maladie nous avait rapprochées. Il me sembla perdre une sœur que j'avais malheureusement trahie jusqu'à son dernier souffle. Elle fut enterrée le surlendemain. Je me disais qu'elle avait assez souffert pour mériter le paradis. Elle était déjà dans les bras du bon Dieu, le cœur empli d'amour et trop heureuse pour me garder rancune. Elle m'était peut-être même reconnaissante d'avoir subi à sa place les coups de boutoir de l'acte charnel que malgré sa peur de la contagion Oncle aux abois n'aurait peut-être pas longtemps épargnés à son corps douloureux.

Il tarda à acheter le lopin où on avait creusé sa tombe.

— Les vivants coûtent déjà assez cher.

Deux ans plus tard je m'aperçus qu'on avait érigé à cet endroit une pompe destinée à remplir les arrosoirs des familles soucieuses d'entretenir leur caveau et d'arroser les plantes qui les ornent.

Fuyant ce logement grouillant de microbes, quinze jours après le décès nous emménageâmes dans une ancienne maison de pêcheur sur le bord de l'Inn dont quelques mois plus tôt Oncle avait fait l'acquisition avec la dot de Franziska. Hélas, son supérieur hiérarchique lui fit comprendre qu'il préférait conserver ses troupes à l'intérieur de la ville. Certaines de ses ouailles succombaient trop souvent à la tentation de louer la cave de leur propriété champêtre au-dessus de tout soupçon à des contrebandiers qui, bien à l'abri des intempéries et de la police, creusaient des galeries tentaculaires pour faire circuler sous l'Empire une marchandise mal acquise sans verser leur obole à l'octroi. Non seulement ces renégats s'enrichissaient sur le dos de l'État mais le jour de leur arrestation ils traînaient l'honneur des Douanes dans la boue à la une des journaux, des gazettes et des illustrés.

— L'honnête paie pour la canaille, c'est dans l'ordre des choses, murmura Oncle.

Or il ne voulait pas d'anicroche avec sa hiérarchie. En échange d'une faible mensualité Franz Dafner accepta de nous domicilier officiellement à son auberge du 219 Vorstadt-Strasse où nous habitons réellement aujourd'hui.

Oncle n'avait voulu emporter ni le matelas ni le sommier ni la descente de lit ni les rideaux ni les coussins dont j'avais camouflé le cercueil. J'ai eu beau laver tout notre linge, repasser ses costumes et mes robes, désinfecter meubles et malles, Oncle ne fut jamais convaincu que tous les microbes aient trouvé la mort. Quand il était à son travail, je devais laisser ouvertes portes et fenêtres pour permettre à l'air sain de la campagne d'asphyxier cette engeance qui craint l'hygiène comme la peste.
Les enfants égayaient notre foyer. Oncle n'aimait pas leur tapage mais il était la preuve que restait encore de vivant quelque chose de Franziska. En son absence, nous faisions des rondes dans le jardin en chantant à tue-tête. Si fort, qu'un voisin se plaignit du vacarme qui faisait tourner le lait de sa vache. Nous dansâmes alors dans la cuisine, fenêtres closes.

Afin de compléter ses revenus, Oncle décida d'élever des chiens. Le terre-neuve était à la mode avec sa fourrure à longs poils qui donne envie de s'en faire un manchon. Il passait des annonces dans *Neue Warte am Inn* et le *Linzertager-Post* pour vendre les chiots qu'il avait pris le temps d'éduquer sommairement.
Il cessa son activité quand l'administration fiscale lui demanda des comptes et les chiens dressés au carnage comme les soldats et ceux qui ont dressé les soldats et les chiens et les prisonniers tombent au premier coup de dent et ceux qu'on aperçoit dodus comme des moutons près des pyramides de cadavres avec un os

humain dans la gueule exhibé comme un trophée et le chenil confortable à chaque animal sa petite maison son patio ses biscuits pour le récompenser d'accomplir sa tâche au quotidien

des gâteries dont rêvent les prisonniers à l'odorat exacerbé par la famine et il a dressé Aloïs à réagir comme un mâtin

et quand il le siffle en introduisant deux doigts dans sa bouche le gamin doit rappliquer aussitôt sous peine d'une correction. Au printemps dernier, lors d'une sortie en famille il échappa à notre surveillance. Oncle siffla et il arriva aussitôt ventre à terre. Les passants semblaient surpris.

Quelques mois après sa déconvenue, Oncle rentra un soir de juin avec une ruche bardée de couvertures qu'il tenait solidement des deux mains à l'arrière d'une charrette conduite par le paysan qui la lui avait vendue. Dans son enfance, il avait eu l'occasion de s'initier à l'apiculture dans la ferme de son oncle Johann Nepomuk dont les pensionnaires ne produisaient pas moins de cinq cents kilos de miel chaque année.

— Cette ruche n'en produira pas moins d'une trentaine.

Nous en consommerions une faible partie. Il troquerait le reste contre des victuailles auprès des fermiers alentour.

Il l'installa dans le jardin sur un tronçon de hêtre. Il enleva les couvertures. Aussitôt son visage se couvrit d'abeilles. Il ne broncha ni ne prit la peine de baisser les paupières pour protéger ses yeux. Les enfants le regardaient fascinés derrière la fenêtre de leur chambre où je les avais enfermés par prudence. À mains nues il retira le toit de la ruche et laissa courir la lame de son couteau de poche sur le rayon de miel qu'il venait de mettre au jour. Revenu à la maison, il racla la lame au-dessus d'une assiette afin de nous faire goûter cette mélasse.

Aucune abeille ne l'avait piqué, aucune ne l'avait suivi.

Elles demeurèrent toute la nuit tapies dans leur logis. Le lendemain matin des milliers tournoyaient devant chez nous en escadrilles comme des militaires disciplinés qu'on aurait ailés. Je redoutais qu'elles cassent une vitre à force de coups de dard, fondent sur nous et nous envoient *ad patres*.

— Que tout reste ouvert aux quatre vents même les tabatières de la cave et les lucarnes du grenier, cria Oncle au comble de l'exaltation et de la joie.

Il me commanda d'aller cueillir des fleurs. Il les répandit dans notre armoire béante, sur notre lit et il en éparpilla quelques-unes sur le tapis du salon qu'il avait hésité à emporter malgré trois lavages à grande eau. Voyant qu'un festin les attendait chez nous, de nouveaux bataillons s'élevèrent et elles nous envahirent.

J'ai enrobé les enfants de draps. Ils hurlaient en se débattant sous leur housse. Je me suis réfugiée dans mon grand manteau d'hiver, les mains gantées, la tête chapeautée de la capeline à voilette que je portais naguère pour cacher mes ecchymoses.

— Elles vont finir par nous dévorer.

— Les abeilles sont l'élite des insectes et même des animaux.

Du reste, elles vivaient sous un régime nullement entaché de démocratie. Elles étaient soumises dès leur naissance à l'autorité d'une reine. Elles devaient trimer, produire, nettoyer, désinfecter sans répit la ruche pendant les pauvres jours de leur existence dans le seul but de nourrir et d'honorer leur monarque. Fécondée lors d'un vol nuptial culminant à une telle altitude que personne ne pourra jamais la suivre si haut, cette reine adulée mettait au monde un million de sujets au cours de son glorieux passage sur Terre.

— Tu en es loin, ricana Oncle.

Contrairement aux abeilles la plupart des bêtes assouvissent leur volonté d'exister alors qu'elles n'apportent rien au genre humain. Il en était de même des mendiants, des errants et de tous ces hommes qui sans être utiles en aucune façon à la société survivent en la carottant.

— D'ailleurs, les contrebandiers ne valent pas mieux que les mouches auxquelles je souhaite la mort.

Une ruche était pareille à un immense château. L'autorité royale devait rendre la justice, présider l'exécution des travailleuses fautives et lever des troupes pour guerroyer contre les guêpes, les frelons, les piverts, les hirondelles, tous ces prédateurs qui rêvent de les croquer et d'investir leur nation. Sans compter que les noces royales devaient donner lieu à des festivités dont nous n'avons pas la moindre idée, car rien n'est plus somptueux que l'intérieur d'une ruche. Chaque reine mériterait qu'un biographe relate sa vie pour enseigner aux hommes les vertus de l'autocratie, du courage, de la générosité envers la race humaine à qui elles versent leur tribut de miel.

Un jour, nous nous inspirerons des abeilles. Seules certaines humaines triées sur le volet auront le droit de se reproduire. Elles vivront dans des pouponnières entourées de hauts murs. Elles donneront quinze, vingt, ou trente enfants tout au long de leur vie et même davantage si la science parvient à les conserver fécondes jusqu'à la vieillesse.

Voilà ce qu'Oncle a dit de ces bêtes.

— Elles attaquent.

Un détachement vrombissant tournait autour de moi, dard dressé, comme à la parade.

— À ce soir, dit Oncle en attrapant son épée et son képi. Surtout, ne les maltraite pas et laisse-les batifoler chez nous à leur aise.

Il partit. J'ai rempli un panier de biberons, de lait, de biscuits ainsi que d'autres provisions de bouche. Je m'en suis allée en courant avec Angela sous le bras et Aloïs sur mes talons. Aucune abeille ne nous a poursuivis. Nous avons passé la journée à nous promener au bord de l'eau. Nous pouvions jouer, chanter, gambader en toute liberté. C'était une journée torride. Après avoir pique-niqué, nous nous sommes couchés sur l'herbe.

Nous avons fait une longue sieste.

À leur réveil, comme les enfants n'en pouvaient plus d'avoir chaud, je les ai déshabillés et je me suis mise en chemise pour pouvoir me baigner avec eux sur la rive. J'étais joyeuse pour la première fois depuis l'agonie de Franziska. Il n'y avait personne alentour. Je me suis allongée nue dans le fleuve. Aloïs me tenait par la main tandis qu'Angela gazouillait sur ma poitrine.

Nous sommes rentrés sous le soleil couchant. Les abeilles avaient déserté la maison. Beaucoup vaquaient autour de la ruche, d'autres revenaient de maraude le bec débordant de pollen. Oncle rentra peu après et cria :

— Qu'est-ce qui vous arrive à tous les trois ?

Il nous trouvait rouges.

— Vous êtes écarlates.

J'avais attrapé un simple coup de soleil. Mais les enfants souffraient d'insolation. Bouillants de fièvre, ils ne tardèrent pas à se plaindre de maux de tête. Je leur ai préparé une décoction. Ils ne purent pas avaler une seule cuillerée de potage. Je les ai couchés.

— Où donc êtes-vous allés ?

— Oncle, j'avais grand peur des abeilles qui nous narguaient.

Il me gronda pour ma poltronnerie.

— Plus encore que les lions, ces apoïdes du genre *Apis* sont les rois des animaux car outre leur production de miel dont les humains se régalent, elles répandent dans l'air en agitant leurs ailes une substance qui le nettoie des miasmes mieux que le feu lui-même.

La semaine suivante Angela fut piquée pendant son sommeil. Il accepta que je ferme les fenêtres la nuit.

L'automne fut frisquet. Le vieux curé mourut d'une fluxion. Parachuté du séminaire de Sankt Pölten où il enseignait la théologie, l'abbé Ignaz Probst le remplaça. Les abeilles hivernèrent claquemurées dans leur ruche. À force de ne plus voir perler la moindre goutte de sang, je finis par me supposer grosse.

Début novembre, je m'aventurai dans le confessionnal. L'abbé Probst me réclama mon nom, le jour de ma naissance et s'informa de l'endroit où je logeais. Je lui récitais ensuite la litanie de mes péchés. Quand j'en eus terminé, il me demanda pourquoi je n'avouais pas de fautes charnelles. Je lui jurai que jamais je n'éprouvais de plaisir au moment où l'inévitable se produisait.

— L'inévitable, ma fille ?
— Quand l'homme devient l'esclave du désir.

Il me questionna. Je finis par lui avouer mon état. Il m'obligea à m'extraire du confessionnal.

— Faites quelques pas vers l'autel.

Il jugea mon allure indécente.

— Non seulement vous êtes enceinte, mais cela se voit.

J'ai sangloté. Il m'a ordonné de reprendre ma place de confessée. Je me suis assise en baissant les yeux pour éviter son regard.

— Vous allez vous marier, ma fille.
— Je ne sais pas, mon Père, si Oncle le voudra.
— Qui est cet Oncle ?

Je n'ai pas osé lui dire la vérité.

Avec les renseignements que je lui avais donnés, l'abbé trouva facilement la maison. Il toqua à notre porte le soir même. C'est moi qui lui ouvris.

— Je ne sais pas, mon Père, si j'ai le droit de vous laisser entrer.

Il me bouscula. Oncle apparut.

— Que voulez-vous ?
— Êtes-vous l'oncle qu'a évoqué cette fille ?

Il me montrait du doigt.

— Allez-vous-en, curé.
— Si vous ne régularisez pas votre situation, je préviendrai l'administration.
— Comment donc ?
— Parfaitement, monsieur l'officier des Douanes de l'Empire.

Il avait dû enquêter sitôt après mon départ de l'église, à moins qu'il n'ait remarqué son uniforme car il n'avait pas encore eu le temps de se changer. Oncle pâlit et l'accompagna au salon.

— Asseyez-vous, je vous en prie.
— C'est inutile.

Je fus envoyée à la cuisine tandis qu'ils discutaient debout. L'entrevue fut brève. Quand l'abbé fut parti Oncle m'annonça avec rudesse que nous nous marierions avant la fin de l'année.

— Maintenant, dînons.

Il critiqua le potage et trouva le pain mou.

— Tu seras bientôt mon épouse, ne l'oublie pas.

J'avais pourtant acheté le pain chez le même boulanger que d'ordinaire et depuis mon embauche je lui servais toujours la même nourriture confectionnée d'après les recettes d'Anna.

— Tu es contente ?
— Sans doute.
— Tu vas t'appeler madame.

J'ai rougi. Il me semblait usurper le titre que portait Franziska.

— Tu seras fière ?
— Mais oui.
— Ce mariage est un grand honneur pour toi.

Il me fit remarquer qu'il allait m'épouser sans le sou et sans espérances d'ordre pécuniaire.

— Tu vas écrire à tes parents pour leur annoncer la bonne nouvelle.
— Je dois leur avouer aussi que j'attends un enfant ?
— Chaque chose en son temps.

Une semaine plus tard, l'abbé Probst apprit par les papiers que nous lui fournîmes pour établir l'acte de mariage que nous étions réellement parents alors que j'avais prétendu user du mot *Oncle* par simple marque de respect. Il nous fit savoir qu'il avait fait suivre notre dossier à l'évêque de Linz.

— Il enverra lui-même une demande de dispense de consanguinité au Vatican.

Il lut lentement le texte solennel qui serait porté au Saint-Père. Un texte en latin qu'il ne crut pas bon de traduire mais dont le Ciel ou l'enfer me souffla en allemand quelques bribes.

S'élève contre cette union l'obstacle canonique d'une parenté collatérale au troisième degré touchant le second. C'est pourquoi les deux impétrants soumettent humblement la prière que la Très Vénérée Chaire leur accorde la grâce extrême de la dispense requise.

Par ailleurs, un addendum instruirait le pape que je m'occupais des enfants d'Oncle dont la profession ne lui permettait pas de rester au foyer tout le jour durant. On ajoutait que si le mariage m'était refusé je me retrouverais sans fortune, seule au monde et exposée à tous les risques qui guettaient les filles-mères de faire une embardée hors du droit chemin.

L'abbé m'annonça la nouvelle alors que j'entrais dans le confessionnal.

— La supplique est en ce moment même entre les mains de Sa Sainteté Léon XIII.

Je me retins de pousser un cri mais mon cœur se mit à battre si fort qu'il l'entendit.

— Calmez-vous, votre demande sera peut-être acceptée.

— Si elle était rejetée ?

— Vous vous trouveriez tous les deux exclus de l'Église et peut-être seriez-vous excommuniés. Ce ne serait d'ailleurs que justice. Avoir procréé avec un membre de votre famille vous met presque au rang des filles de Loth qui depuis les temps lointains de la Genèse expient dans les flammes.

— Mon Dieu.

— Soyez confiante, le pape aime son troupeau jusqu'à la plus infâme de ses brebis.

Un mois après, le Saint-Père nous accorda la dispense. Le mariage fut fixé au mercredi 7 janvier 1885 à six heures du matin. Il fut célébré à Saint-Stephan. La cérémonie fut courte.

— Ni messe ni prêche.

Trois bigotes s'étaient assises par curiosité derrière nous. Notre seul témoin fut Ludvig Hogl, ce collègue douanier d'Oncle qui avait déjà rempli cet office pour son mariage avec Franziska. Ensuite, une collation fut servie dans une auberge voisine. Oncle regarda sa montre après avoir consommé trois saucisses et avalé un verre de bière.

— Nous sommes déjà en retard.

Avant de partir, il m'enjoignit de ne pas lambiner au lit comme la veille car j'avais été la proie ce jour-là d'une telle fatigue que je m'étais couchée en pleine matinée et aussitôt assoupie. Les enfants avaient sans doute fait un peu la foire pendant mon sommeil puis ils m'avaient rejointe et avaient dormi avec moi. Nous nous étions réveillés ensemble au crépuscule.

— Tu as de quoi t'occuper, il me semble ?

— Bien sûr, murmurai-je, honteuse qu'il me réprimande en public.

Il fila en vitesse à son travail suivi par Hogl qui cavalait derrière lui.

L'abbé Probst ne me cacha pas qu'un mariage comme le nôtre n'honorait pas Dieu qui nous garderait toujours rancune de notre inconduite.

— Essayez au moins, ma fille, de vous montrer exemplaire à partir d'aujourd'hui.

— Je le serai.

— Vous n'en savez rien. À nous autres humains l'avenir est dissimulé. Il nous attend de pied ferme avec son lot de souffrances et de malheurs. Remerciez-Le d'avoir vécu jusqu'à cette cérémonie, salvatrice malgré tout, et de n'être pas morte avant en état de péché mortel.

Je suis rentrée sous la neige. Les enfants avaient dû se lever mais saisis par le froid ils s'étaient recouchés tout vêtus. À la cuisine, l'eau du broc avait gelé. J'ai mis la bûche qui restait dans la cuisinière dont les cendres avaient refroidi. J'ai réussi à l'enflammer avec des brindilles sèches dont j'avais rempli plusieurs sacs en octobre. Je suis allée fendre le bois que je n'avais pas fendu la veille.

Au mois de mars, à plusieurs reprises je fus la proie de malaises. Je parvenais difficilement à assurer la tenue du ménage, à faire les courses, la cuisine et à m'occuper sans relâche des enfants. Oncle engagea une souillon qui gâcha un rôti. Il écrivit alors à mon père pour qu'il lui envoie ma sœur. Quand elle arriva, il lui rappela que selon l'accord passé avec lui elle ne toucherait pas de gages et s'en retournerait à Spital après mes couches.

Mes parents rechignèrent à la récupérer après la naissance de Gustav. Son infirmité ne permettait pas de la marier et il était difficile de la faire engager comme domestique. Dans les campagnes beaucoup croient que les bossus portent malheur et les estropiés et les fous que des ambulances à rideaux blancs amènent sur les lieux de leur exécution dans les premières chambres à gaz du Reich et des camions bâchés emportent les cadavres et la population qui proteste et le Vatican qui trop tard condamne et à son arrivée chez nous Johanna avait quinze ans et on lui en aurait donné trois de moins car elle était malingre et pas encore formée et elle était triste d'avoir été exilée du jour au lendemain sans qu'on lui demandât son avis.

Oncle la rudoyait car elle avait un vocabulaire réduit, faisait des fautes d'allemand et ne comprenait pas toujours ce qu'on lui demandait. Elle n'a jamais été d'un tempérament docile mais il savait se faire craindre et elle courbait l'échine.

Elle ne s'était jamais occupée d'enfants. Elle s'est pourtant entendue avec eux dès le premier jour. Une proximité avec ces êtres en devenir dont elle connaissait mieux le langage que celui des adultes. Quant à eux, ils se frottaient à elle comme des chats, et puisqu'elle n'avait pas son pareil pour les consoler, Oncle décida qu'elle dormirait dans leur chambre.

J'accouchai le 17 du mois de mai.

J'avais perdu les eaux à huit heures. Oncle était déjà parti. Johanna s'en alla chercher la sage-femme qui habitait une maison voisine. Elle palpa mon ventre.

— Il est bien accroché.

L'enfant ne voulait pas sortir. J'avais si mal que j'en voulais à Oncle de ce qu'il m'avait fait. Il était quatre heures de l'après-midi lorsqu'il naquit enfin. Au retour de son travail, il questionna sèchement Johanna.

— C'est quoi ?

— Un garçon.

Il est entré dans la chambre. Il est allé droit au berceau. Il lui a enlevé ses langes. Il l'a examiné minutieusement. Johanna le regardait, inquiète de le voir manipuler ce nouveau-né sans douceur. Ayant fini son inspection, il le lui mit dans les bras avec ordre de le rhabiller.

— Je voulais être sûr qu'il n'était pas abîmé.

Il l'a pointée du doigt.

— Comme toi.

Il se méfiait de ma famille dont six des onze enfants étaient morts en bas âge. Parmi les décédés, deux étaient infirmes et leur disparition ne fut pas pleurée. Quant à ma sœur, seul un estropié comme elle s'en accommoderait peut-être. Ils mettraient au monde des êtres plus disgraciés encore et la joie juvénile des SS à peine sortis de l'adolescence de courser ces enfants nus échappés du bunker pour leur fracasser le crâne et ils éprouvent un plaisir redoublé à enfourner leurs corps sans vie et leurs parents les rejoindront quand ils auront fini de mourir asphyxiés et elle rhabilla le bébé qu'elle berça ensuite et qui se rendormit.

Oncle se tourna vers moi. Foin des Prinz, cette fois il aurait aimé trouver un nouveau couple de parrains qui l'honorerait davantage et contribuerait peut-être à le faire grimper dans la hiérarchie.

— Il s'appellera Hans.

Il a souri.

— C'est le prénom de mon supérieur.

Il entendait de la sorte le flatter. Son chef accueillit la nouvelle sans enthousiasme. Il ne se proposa pas non plus de devenir parrain.

— Puisqu'il en est ainsi je ne lui ferai pas cet honneur.

Hans devint Gustav. Épuisée par mes couches, je n'ai pas osé lui demander pourquoi. Il décida qu'en définitive nous nous contenterions des Prinz.

— Mes vieux amis Johann et Johanna.

Comme à chaque fois qu'elle entendait son prénom désignant autrui, Johanna rougit sottement. Prenant son attitude pour un manque de respect Oncle fut sur le point de la calotter.

La cérémonie eut lieu le lendemain. Une panne de locomotive avait bloqué le train des Prinz en rase campagne. À moins qu'ils ne l'aient pas pris. Il désigna un de ses subalternes et Johanna pour les représenter.

Oncle invita plusieurs notables au déjeuner qui devait suivre la cérémonie. Notre modeste maison était perdue dans une zone peu huppée de la commune. Seuls se déplacèrent le préparateur de la pharmacie, représentant son patron retenu au logis par la goutte, un employé municipal venu à la place du maire empêché mais aucun de ses supérieurs n'avait envoyé quiconque ni pris la peine de s'excuser.

Devant cette pauvre assemblée, Oncle annula le repas.

Le préparateur et l'employé s'en allèrent furieux tandis que le subalterne nous remercia de lui avoir fait malgré tout l'honneur de porter le fils d'un officier des Douanes de l'Empire sur les fonts baptismaux. Nous déjeunâmes tristement car Oncle n'était pas gai. Nous ne consommâmes qu'une faible partie des victuailles. Il fut décidé que Johanna se chargerait de vendre le reste au voisinage. Elle parvint à placer la selle d'agneau mais personne ne voulut des légumes, du fromage entamé, du filet de porc déjà tranché.

— Écervelée, la gourmanda Oncle.
— J'insistais mais on me chassait.

Il se tourna vers moi.

— J'espère au moins que tu nourriras Gustav longtemps.

Il regrettait amèrement tout cet argent dépensé en vain. Il tenait à me mettre en garde. Je devais remplir mon devoir de mère et pendant de longs mois assurer l'alimentation de mon petit sans recourir au coûteux lait d'animal dont par ailleurs le bébé pâtissait tant il était éloigné de celui de la femme.

— Imite donc la guenon.

D'après Oncle, chez les chimpanzés, on allaitait sept années durant. Ce renseignement était gravé sur la plaque de cuivre vissée au-dessus de la cage à singes du zoo de Vienne qu'il avait visité autrefois avec Anna. J'aurais trouvé indécente cette pratique tardive si l'enfant naissait fils. Il me semble que le montreur de singe vient de lire ces mots par-dessus mon épaule.

Pour comble de malheur, le surlendemain, la ruche fut volée pendant notre sommeil. Même s'il cachait sa peine je crois qu'Oncle en conçut autant de chagrin que s'il avait perdu un être cher. Quand je me permis de lui suggérer d'en acheter une autre il me répliqua vertement que toutes les abeilles ne se ressemblaient pas et qu'on n'en changeait pas comme de chemise. Il soupçonnait quelqu'un des environs.

— Si je savais son nom.

Il frappait le plancher du talon de sa botte. Il espérait croiser un de ces jours une de ses bêtes dérobées. Il était sûr qu'il la reconnaîtrait. Il la suivrait et elle le mènerait directement chez le voleur.

Dix jours après l'accouchement je dus réintégrer le lit d'Oncle. La souffrance m'arracha un cri. Il persista pendant que je me débattais puis il me repoussa et m'ordonna de retourner dormir avec Johanna.
Gustav et Angela réveillés par mon chahut braillaient.
Il patienta une semaine encore puis il fallut reprendre le collier. Chaque nuit j'espérais que le désir le laisserait en paix. Ce désir dont je faisais une véritable personne qui l'habitait comme un chasseur une cabane. Je me disais que cette personne pouvait très bien éprouver de la fatigue, se sentir patraque et le laisser en paix le temps de reprendre du poil de la bête. Alors, Oncle de dormir paisiblement auprès de moi comme un père qui d'aventure serait par des circonstances particulières obligé de partager la couche de sa gamine. Après tout, étant sa nièce comme l'avait remarqué l'abbé Probst je n'étais pas si loin d'être sa fille, même si ses droits de mari prévalaient.
Les souffrances s'estompèrent. Désormais, je supportais sans bruit le devoir conjugal. L'abbé m'infligeait une lourde pénitence à chaque fois que je confessais avoir inventé un trouble pour essayer de décourager Oncle de me monter.
— Ma fille, vous n'êtes pas une jument.
— Que faire mon Père pour avoir un peu de répit ?
— Vous taire, ces choses doivent être et être tues.
Un soir j'écorchai mon mollet avec la pointe d'une aiguille pour, humectant de sang ma chemise, lui

laisser supposer que j'étais indisposée. Mais il compta les jours et sut que j'essayais de le mystifier. Il fit en sorte que l'idée ne me vienne plus à l'esprit de recommencer.

À la fin de l'année, mes seins s'infectèrent. Je ne pus allaiter Gustav pendant dix jours. Ensuite, mon lait coula clair et puis ne coula plus. Oncle m'ordonna de compenser la dépense que représentait l'usage du biberon par un moindre appétit de ma part qui contrebalancerait l'achat de lait supplémentaire et il amputa mon budget.

Avec ma sœur nous mîmes un point d'honneur à économiser notre nourriture, si bien qu'à la fin de la semaine il nous restait malgré tout quelques pfennigs. Nous les accumulions en silence, regardant au fil du temps grossir avec joie notre pécule. Nous le cachions dans un pot de terre sur une étagère de la cuisine.

Un dimanche matin, Aloïs le fit tomber en présence d'Oncle. Il se brisa, les piécettes se répandirent. Il fallut s'expliquer. J'avouai.

— Puisque je te donne trop, tu auras moins.

Il fit ramasser la monnaie par Aloïs et en souriant l'empocha.

Sur ces entrefaites je m'aperçus en janvier que j'étais grosse derechef. Oncle accueillit la nouvelle sans un mot. La vie continua comme si de rien n'était. Les enfants étaient souvent malades car malgré les flambées la proximité de la rivière rendait la maison humide. À la première fièvre il interdisait qu'on les sorte de leur chambre par crainte de la contagion. Gustav était plus souvent atteint. Oncle me reprochait ma déplorable hérédité.

La naissance eut lieu le 23 septembre 1886. Ce fut une fille qu'il critiqua aussitôt de n'être pas née garçon pour perpétuer le nom dont il était l'inventeur. Il l'appela Ida car d'après lui Ida voulait dire travail.

— Si elle est trop laide pour trouver un homme, elle louera ses bras.

Retenus à Vienne à cause de la jambe cassée du mari, les Prinz ne quittèrent pas leur logis viennois de la Löwengasse.

Johanna représenta la marraine à nouveau, le parrain de substitution fut cette fois le sonneur de Saint-Stephan. L'exercice de sa fonction avait rendu le malheureux un peu sourd, l'abbé fut contraint de hausser le ton. Il rabroua Oncle qui l'accusa ensuite d'avoir entaché de ridicule la cérémonie.

— Dieu chérit les sourds, les aveugles, les idiots et les estropiés.

— Je me passerai de lui à l'avenir si les Prinz ont encore un empêchement la fois prochaine.

— À condition que Dieu ne vous tienne pas rigueur de votre impiété.

Il était en Son pouvoir de le tarir à jamais. Si je devenais grosse ce serait d'un homme qui m'aurait forcée dans l'escalier, au coin d'une rue, sur le parvis de l'église qui n'était pas sûr lorsque le brouillard s'en mêlait. Oncle serait alors contraint de m'imposer un honteux divorce. En outre, malgré mon innocence, je devrais peut-être en répondre là-haut.

Désormais notre maison abritait quatre enfants dont l'aîné avait eu quatre ans au début de l'année. Ida était trop petite pour qu'on puisse la faire taire et il était difficile de maintenir les trois autres silencieux. Malgré nos soins, Oncle se plaignait du bruit, de l'odeur de lait ainsi que d'autres encore car les rudimentaires commodités jouxtaient le salon.

L'hiver s'abattit avec deux mois d'avance sur Braunau am Inn. Début octobre, Angela tomba malade la première puis ce fut Aloïs. Angela se remit tout à fait au bout de quinze jours, même si elle demeurait faible et mangeait peu. Aloïs ne guérissait pas, les tisanes se révélaient impuissantes à faire tomber la fièvre. La toux l'épuisait.

Le docteur Bloch prescrivit un sirop qui le calma grandement.

Mais à présent il avait du mal à respirer. Nous le veillions avec Johanna chacune à notre tour. Une nuit elle m'a réveillée car elle pensait qu'il allait mourir.

Oncle nous a empêchées de réciter des prières et a refusé que je parte chercher l'abbé pour lui donner l'extrême-onction.

— Vos bondieuseries vont lui porter malheur.

Il le sortit du lit dans le froid de la chambre dont la cheminée ne venait pas à bout. Il le déshabilla. Aloïs demeurait silencieux. Son visage blafard aurait pu être celui d'un enfant mort. Il ordonna à Johanna d'ouvrir la fenêtre.

— Obéis.

Elle obtempéra.

Il leva Aloïs au-dessus de ses épaules, le brandit hors de la maison, dans le vide, comme une offrande à la nuit glacée.

Nous nous sommes agenouillées toutes les deux, suppliantes.

— Oncle, pourquoi le faire mourir ?
— S'il doit vivre, il vivra.

Le temps passait. Il me semblait qu'il s'agissait de grosses minutes mais ce n'étaient peut-être que de minuscules secondes qu'en temps ordinaire on ne sent même pas passer. Tout d'un coup, Aloïs poussa un hurlement. Oncle le ramena à l'intérieur, l'exposa à la chaleur des bûches tombées en braise. Il l'approcha si près de l'âtre que je craignis une brûlure. Son visage perdit peu à peu sa pâleur.

— Voilà, il ne mourra pas.

Il déposa Aloïs dans mes bras et retourna se coucher. Nous l'avons rhabillé. Il s'est endormi. Dans la pénombre il nous sembla que juste avant de fermer les yeux il nous avait souri.

La vie reprit. Je me rendais une fois par semaine à une réunion de dames patronnesses. Nous tricotions une partie de l'après-midi des vêtements pour les pauvres puis nous dégustions les gâteaux que nous avions apportés. Nous bavardions en œuvrant et ce travail constituait pour moi une distraction. Certaines étaient bourgeoises, avaient grande maison, domesticité, mais la plupart n'étaient guère plus riches que nous et certaines vivaient dans un état de misère proche de celui dans lequel se trouvaient les malheureux que nous secourions.

Afin de faire plaisir à Johanna, parfois je gardais les enfants et elle prenait ma place. Au début, son aspect rebuta ces dames puis elles s'habituèrent et apprécièrent ses qualités de tricoteuse. Quand je revenais la semaine suivante, j'avais droit cependant à des réflexions car il lui arrivait de proférer des sottises. J'aurais préféré qu'elles la rabrouent au lieu de lui en tenir grief. Un jour, une de ces dames répéta à son receveur de mari une absurdité qui lui avait échappé.

— La belle-sœur du douanier dit que lorsque sa mère sera morte, son père lui fera un enfant.

Le potin circula de service en service avant d'arriver à l'oreille d'Oncle. Sa colère fut grande.

— Elle nous fait passer pour une famille de dégénérés.

Je me rendis à la réunion suivante avec ma sœur. Je demandai à ces dames de l'excuser et de m'excuser moi-même de l'avoir introduite dans cette honorable assemblée. Elle demanda pardon mais bien qu'Oncle l'ait raisonnée elle ne comprenait pas de quoi. En effet, depuis sa petite enfance elle avait toujours rêvé d'épouser le seul homme qui lui avait parfois manifesté un peu de sympathie et puisque j'avais épousé Oncle après la mort de Franziska, elle ne voyait pas d'obstacle à son mariage avec notre père si d'aventure ma mère décédait avant lui.

Il n'y avait pas une seule lueur de mansuétude dans le regard de ces femmes.

Nous sommes rentrées penaudes. Oncle m'interdit désormais de retourner là-bas.

— Nous devons nous faire oublier.

Il redoutait que notre lien de parenté passe un jour pour plus direct qu'il n'était. Ils ne sont que trop nombreux les enfants de l'inceste.

Au début du mois de décembre, ce fut au tour de Gustav de tomber malade. Tout a commencé par un mal de gorge qui lui rendait la déglutition douloureuse. J'introduisais dans sa bouche de minuscules quantités de nourriture réduite en bouillie. Oncle aurait voulu que je l'envoie coucher le ventre vide pour qu'il dévore le lendemain, tenaillé par la faim.

Au matin il a été pris d'une forte fièvre. Il n'avait même plus la force de s'asseoir dans son lit. J'ai envoyé Johanna au bureau d'Oncle avec un mot lui demandant si elle pouvait aller quérir le docteur Bloch. Il refusa.

— Mais Oncle, Gustav aboie.
— Qu'est-ce que tu racontes ?
— Il aboie.

Il la renvoya. Le soir, l'état de l'enfant s'était aggravé. Il était rouge et toussait atrocement. Une toux singulière dont le bruit rappelait vraiment un aboiement de chien. Oncle emprunta l'âne d'un fermier voisin pour aller chercher le docteur qui arriva dans sa calèche.

Maintenant, Gustav s'étouffait entre deux quintes. Le docteur l'ausculta tandis qu'Oncle ramenait la bête à son propriétaire. Il me dit d'aller préparer de l'eau sucrée pour essayer de l'hydrater. J'étais à la cuisine quand je l'entendis dire à Oncle revenu que Gustav était perdu.

— C'est le croup.

Le docteur parla alors dans une langue inconnue.

— *Le croup, monstre hideux, épervier des ténèbres.*

Oncle crut qu'en désespoir de cause il prononçait des paroles cabalistiques pour supplier les microbes de quitter le corps de l'enfant comme si ces animalcules étaient doués de compassion.

— Excusez-moi, m'était venu à l'esprit un vers de Victor Hugo.

Il prit congé.

— Je dois voir une fillette à Haselbach, un garçonnet à Ranshofen.

Une épidémie de croup ravageait la région.

Je craignais que ne passe par la tête d'Oncle d'exposer Gustav au froid comme il l'avait fait avec Aloïs. J'avais attribué sa guérison à la main de Dieu qui avait eu pitié de cet enfant soumis à un traitement cruel. Il ne ferait pas preuve de mansuétude une deuxième fois car l'homme ne doit pas s'habituer aux miracles. Tout mécréant qu'il soit, malgré l'heureuse issue de cette cérémonie barbare, plus jamais Oncle ne recommença.

Quand le docteur fut parti, il me reprocha d'avoir laissé Gustav jouer avec d'autres enfants qui l'avaient éclaboussé de leurs miasmes.

— Il ne voit jamais personne.
— La maladie coûte trop cher.

Je tenais l'enfant dans mes bras. Il me regardait fixement. Il toussait toujours en émettant ce bruit animal. Son cœur battait si fort que son corps me semblait n'être plus qu'un cœur gigantesque. J'humectai ses lèvres d'eau sucrée. Ses yeux papillotèrent puis il les ferma et s'endormit. Je le recouchai.

Johanna demeurait immobile au milieu de la chambre. La toux de Gustav lui rappelait des histoires de loup-garou.

— Va servir la soupe, cria Oncle en la bousculant.

Je surveillai Gustav endormi. L'air peinait à entrer en lui. Il passait par un maigre orifice qui rétrécissait. Je n'osais le toucher de crainte de provoquer une quinte qui lui déchire le gosier.

Johanna est venue me rejoindre après le dîner. Elle gardait ses distances, prostrée. Elle devait supposer des monstres dans les coins obscurs de la pièce. On ne devrait jamais raconter aux enfants des contes effrayants. Il est normal d'avoir peur de Dieu et de la vie mais craindre des chimères est une souffrance superflue.

Elle a tressailli quand je l'ai prise dans mes bras.

Je l'ai serrée de toutes mes forces. Elle s'est laissé faire quand je l'ai entraînée avec moi vers le petit lit. Gustav toussa mais le bruit ne l'effraya pas. Elle toucha simplement mon épaule pour demeurer en contact avec moi tandis que je m'emparais de lui pour l'empêcher de s'étouffer.

Je l'ai promené dans la chambre en chantant une berceuse et les berceuses chantées sous les gibets par trente jeunes femmes à qui on a laissé les os les dents une couche d'épiderme diaphane à travers lequel on verrait la mort et derrière elles trente spectres chargés d'instruments rutilants sortis de l'atelier des plus grands luthiers d'Europe centrale dont à leur arrivée on a débarrassé des musiciens scrupuleux jusqu'à ne jamais laisser derrière eux leur outil de travail avant de les néantiser et debout sur des charrettes attelées à des prisonniers les condamnés arrivent en chantant *Lily Marlène* et on glisse leur tête dans les nœuds coulants

avec l'indifférence des bouchers qui pendent les carcasses de bœuf à des crocs d'acier

et ils ne bronchent ni n'émettent la moindre plainte par crainte d'être exécutés au lance-flammes et les trappes s'ouvrent et les corps tombent dans le vide et l'orchestre d'entamer une mazurka et tout le monde de se mettre à danser et les emprisonnés de l'année dernière encore recouverts d'un peu de chair malgré les privations extrêmes du ghetto en binôme avec les squelettiques vieux de la vieille qui s'accrochent à eux

comme des noyés à une chaloupe trop pleine

et ils les repoussent par instinct de survie et malgré tout leur partenaire les entraîne dans sa chute et on les abat avec eux tandis que sous les coups de fouet les musiciens redoublent d'enthousiasme et augmentent le tempo et provoquent une hécatombe qui réjouit les gardes heureux de canarder les tombés au sol comme des pipes en terre des jeunes gens dans une fête foraine

et la musique infligée la musique la musique

et voilà bien les plus grandes salles de concert à ciel ouvert du monde entier et des orchestres qui vous torturent pendant l'interminable appel du matin et celui du soir et en cas d'évasion les réveils de représailles en pleine nuit

et un concert sous les étoiles

et les corps de chavirer et le bruit du coup de grâce couvert par le vacarme des notes et à l'aube tous les haut-parleurs hurlent *Tristan et Iseult* tandis qu'un officier supérieur pour le plaisir de la chasse depuis le balcon d'un bureau tire à la carabine au hasard sur les prisonniers et pousse des cris de joie à chaque fois qu'un de ces étranges échassiers ouvre grands les yeux en sentant son cœur exploser et le lendemain trop abruti pour viser après les agapes de la nuit il arrosera les alentours du bâtiment avec un fusil-mitrailleur

et le teckel d'un couple de visiteurs

qui se photographient devant l'enceinte des fours crématoires gambade à travers l'enceinte herbue du camp désaffecté et lève la patte contre une baraque reconstruite à l'identique pour l'édification des générations futures et désormais pour ménager le personnel Buchenwald est fermé le lundi et la cafétéria ne sert plus après dix-sept heures et par ailleurs il est interdit d'emporter de la terre et des cailloux en souvenir et j'ai promené Gustav dans la chambre en chantant une berceuse et il a dit *maman, maman* et il répétait ce mot les yeux grands ouverts en me regardant.

— Maman, maman.

S'il avait eu la force, il aurait crié comme on crie au secours. Il murmurait d'une voix de plus en plus basse. À la fin, il n'avait plus assez d'air en lui pour dire. Ses lèvres ne bougeaient plus. Toute son énergie lui servait à survivre. Son regard était vague. La douleur s'était dissipée. Je l'ai senti se détendre comme le bois d'un arc dont la flèche vient d'être tirée. Je l'ai déposé sur le lit.

— Seigneur, prends pitié.

Oncle était dans l'embrasure de la porte. Il tirait sur sa pipe. Je me suis tournée vers lui.

— Gustav est mort.

— On l'enterrera demain.

Il est parti au salon lire le *Wiener Zeitung*. Je me suis agenouillée.

— Je t'en supplie, Seigneur.

Johanna pleurait, poussait des petits cris qu'elle étouffait pour éviter de produire un vacarme susceptible d'irriter Oncle.

— Va faire chauffer de l'eau.

— Pourquoi ?

— On va lui donner un bain.

J'étais étonnée de ce que je venais de lui demander. Ces paroles avaient peut-être été mises dans ma bouche par l'ange gardien de Gustav. Il refusait qu'il s'en aille poisseux là-haut. Il devait comparaître impeccable devant Dieu. J'ai enlevé les mucosités qui salissaient son visage. Ses yeux me regardaient paisiblement. Il n'éprouvait plus ni peur ni douleur.

— Je prépare la bassine ?

— Apporte aussi la grande serviette à franges.

Je n'ai pas voulu le laver à la cuisine. Nous avons installé la bassine au milieu de la chambre. La mort de

Gustav n'avait pas réveillé son frère et ses sœurs. Ils dormaient immobiles et silencieux.

— Tu n'as pas peur de lui mettre du savon dans les yeux ?

J'ai récité le *Je vous salue Marie* en continuant sa toilette. Elle pria avec moi.

Le regard de Gustav était encore plus serein.

Il approchait du Royaume. Dans sa tête de mioche il devait imaginer le paradis des jouets. Partout des chevaux à bascule, des marionnettes, des livres d'images aux couleurs vives. Il avait déjà sur la langue le goût des sucres d'orge, des sorbets, des gâteaux. Il se voyait dormir dans la chambre d'un palais en suspension au-dessus des nuages. Il connaîtrait tous les bonheurs dont peut rêver un petit garçon. Un bonheur que même les rois ne peuvent offrir à leurs enfants.

— Rince-le doucement avec la cruche.

La main de Johanna tremblait un peu.

— Arrête, maintenant.

Je l'ai roulé dans la serviette. Je l'ai séché, frotté avec un peu de pommade, coiffé. Je l'ai habillé. J'aurais voulu des vêtements plus luxueux mais au moins ceux-là étaient propres et bien ravaudés. J'ai enlevé les draps de son lit, j'ai recouvert le matelas d'une nappe fleurie. Je l'ai étendu. Je l'ai contemplé. Il était plus beau encore que devait l'être à son âge Jésus. Je me suis prosternée. Je l'ai prié comme le veau d'or. Dieu avait attendu qu'il soit âgé de trente-trois ans pour faire mourir Son Fils. Il infligeait aux autres ce qu'il s'était épargné.

— Je vous hais, Seigneur.

Johanna me regardait épouvantée comme si j'étais devenue Lucifer.

Nous avons passé la nuit ensemble. Johanna aurait voulu laisser une bougie se consumer pour éloigner les esprits malins. Oncle avait comparé le prix de la cire à la probabilité de l'existence d'une pareille engeance et le lui avait interdit. Elle me raconta plus tard qu'elle s'était réveillée plusieurs fois pour craquer des allumettes. Elle était certaine de les avoir vus s'enfuir par la fenêtre close, effrayés par la flamme.

Je lui ai fermé les yeux à l'aube.

Oncle se rendit tôt à la cure. Il était résolu à faire enterrer Gustav le soir même après son travail. Une cérémonie rapide au cimetière. L'abbé Probst refusa. La loi imposait de laisser passer une journée pleine après un décès avant de pouvoir procéder à l'inhumation. Oncle menaça de donner la pièce au fossoyeur pour qu'il l'enterre en fraude. L'autre lui fit miroiter la honte d'un passage au tribunal et il capitula.

Quand je ne me suis réveillée, les volets étaient ouverts. Il neigeait. J'apercevais par la porte entrebâillée Johanna portant Ida dans ses bras surveiller Aloïs et Angela jouant sur la carpette du couloir avec des personnages d'argile peinte.

Pour ne pas les effrayer, on avait dissimulé Gustav sous un linge.

La journée fut obscure. Pendant que les enfants déjeunaient à la cuisine j'ai voulu le prendre dans mes bras. La mort l'avait rendu raide comme une statuette et dans les camps on brûlait les gosses encore souples comme des vivants et j'ai hurlé et j'étais si agitée qu'à son retour Oncle ordonna à ma sœur de courir chercher le docteur Bloch.

Elle cavala jusqu'à son domicile.

Elle est revenue avec lui dans sa calèche, épuisée par sa course. Oncle m'a tenue tandis qu'il me fourrait dans la bouche une cuillérée de sirop d'opium.

On dit que parfois les mères s'accrochent au cercueil de leur petit quand les fossoyeurs veulent s'en emparer pour le déposer au fond du trou mais je ne suis revenue à moi que le lendemain soir. On l'avait déjà descendu dans la terre glacée. La maison était vide. La nappe fleurie était restée sur le lit. Je l'ai étreinte.

Ida marchait à peine, avec Johanna nous n'étions pas trop de deux pour prendre soin de la marmaille dans cette maison humide même pendant l'hiver quand il gelait dehors à pierre fendre. Nous avions posé de la toile cirée sur le plancher. Par endroits le bois se mit alors à pourrir et il fallut l'arracher. Un grand poêle aurait pallié la médiocrité de ces cheminées dont on tirait si peu de calorique mais Oncle ne craignait pas le froid.

— Aguerrissez-vous, que diable.

Johanna toussait d'octobre à juin. Je collectionnais les rhumes qui dégénéraient.

— Si nous chauffions mieux nous dépenserions moins en honoraires et en médicaments.

J'avais beau le développer, le présenter chaque fois sous un angle nouveau, Oncle ne trouvait pas mon argument convaincant. Il l'aurait plutôt persuadé de la superfluité des consultations et des remèdes dont nos ancêtres se passaient.

— Cela ne les empêchait pas de vivre centenaires.

D'ailleurs, si nous mourions toutes les deux, ce ne serait pas une perte pour l'Empire qui avait besoin de femmes belles et costaudes. Johanna était infirme, je n'étais pas si jolie, il ne serait donc pas difficile de nous remplacer. Un officier des Douanes méritait une femme vigoureuse et agréable à voir. Quant à ma sœur, il choisirait une nouvelle épouse assez débrouillarde pour se passer d'une aide.

Moins d'un mois après son frère, le 3 janvier 1888, ce fut Ida qui mourut du même mal que lui.
Désormais je n'avais plus d'enfants.
Le cas échéant, les pères nous reprochent d'avoir mis au monde des petits morts auxquels ils survivront. Oncle m'en voulut de leur disparition. Il me faisait souvent remarquer à quel point ceux de Franziska étaient costauds. Ils étaient bâtis à chaux et à sable tandis que les miens s'étaient révélés frêles. Il leur reprochait parfois d'avoir manqué de combativité. L'existence était faite d'épreuves qu'il fallait avoir le courage de surmonter pour gagner son droit à la vie.

— Oncle, je vous en supplie.

Mes larmes lui déplaisaient. Au lieu de me lamenter j'aurais mieux fait de les oublier tout à fait pour ne pas épuiser mon corps à force de tristesse et de pleurs. J'avais besoin de ma carcasse pour en mettre au monde d'autres qu'il espérait plus coriaces. Quant à lui, sa peine était proportionnelle au nombre de jours qu'ils avaient vécu. Il leur avait donc toujours préféré Aloïs et Angela qu'il connaissait depuis plus longtemps.

— Malgré tout, j'aimais tes enfants aussi.

Il voulait dire les nôtres. Je l'avais si bien compris que ne me vint pas à l'esprit de le reprendre.

Quelques jours après la mort d'Ida, Johanna s'est levée au milieu de la nuit. J'ai entendu la porte de la maison se refermer. Je l'ai observée depuis la cuisine à travers les volets mi-clos. Elle tournoyait dans le jardin, joignant parfois les mains, essayant de tousser à la manière de Gustav dans son agonie. Un aboiement finit même par s'échapper de sa bouche, produisant une gerbe de buée dans l'atmosphère glaciale. Elle sourit, béate, comme si elle l'avait retrouvé.

Elle ouvrit le portail.

Elle trotta sous la lune. Une marionnette dégingandée au manteau noir pareille à une ombre chinoise sur la neige phosphorescente. La lumière d'un projecteur la précédait pour lui montrer le chemin vers la clôture électrifiée. Elle agrippa les barbelés sans un cri mais la réalité eut pitié d'elle et ressuscitée elle reprit sa course dans le paysage.

À son retour, elle s'écroula sur le seuil. Ses vêtements étaient devenus durs comme du carton, ses cheveux étaient de glace. Je l'ai déshabillée devant la cheminée du salon où un feu se mourait. Je lui ai enfilé sa chemise de nuit. Je lui ai fait boire un verre de schnaps.

— Qu'as-tu fait ?

— Gustav et Angela dans le fleuve noyé.

J'ai imaginé mes enfants au fond de l'eau. Je l'ai secouée en lui criant de ne plus jamais dire une chose pareille.

— Dans le fleuve.

— Tais-toi.

J'ai tant élevé la voix qu'Oncle m'a hurlé de me taire depuis le fond de son lit. Le lendemain il ne m'a fait aucun reproche. Il avait pensé sans doute que mes cris faisaient partie d'un rêve. J'ai attendu qu'il parte à son travail pour raisonner Johanna.

— Si tu recommences, tu gèleras comme une patate.

Elle n'était pas fiévreuse. Au contraire son front et ses mains étaient glacés. Elle tomba malade dans la soirée. Elle en réchappa. Elle ne sortit jamais plus dans la nuit.

Atteint par la mort de nos deux enfants qu'il considérait comme un échec, Oncle traversa une période de mélancolie. Il décida de quitter cette maison froide et humide pour laisser le malheur derrière lui. Nous avons emménagé en avril dans l'appartement du 219, Vorstadt-Strasse que nous étions censés habiter depuis près de cinq ans.

Le déménagement eut lieu en mars. Je ne pensais même plus à mourir, je ne pensais plus. Mon cerveau hibernait. Devait en rester éveillée une miette qui me permettait d'accomplir les tâches primaires. J'étais pareille à une poupée mécanique qui accomplit scrupuleusement les mouvements prévus par l'artisan qui l'a conçue.

Sortant de notre immeuble un matin de la mi-avril j'ai fondu en larmes sous les rayons du soleil levant. Ce n'étaient pas des larmes de tristesse.

Plutôt le chagrin joyeux d'être en vie.

Johanna avait si mal vécu la mort des enfants, qu'Oncle l'avait renvoyée chez nos parents à Spital. Elle est revenue aux premiers jours de mai. Les enfants furent ravis de la retrouver. Cependant, à chaque fois qu'ils se mettaient à rire, elle leur ordonnait de s'agenouiller et de prier pour leur sœur et leur frère morts que cet accès de gaieté avait offensés et parfois un membre des Sonderkommandos reconnaissait son enfant et en transportant sa dépouille jusqu'au crématoire il continuait à dévorer le gâteau trouvé dans le sac d'une victime de la veille et les arbres aux racines avides dans le sol fertile et gras et les couples ont persisté à se reproduire

et les charniers ont cicatrisé sans laisser de trace

et pourquoi pas le bonheur et pourquoi pas exulter à la place des sacrifiés et la mort n'est pas admirable et les victimes ne nous gâcheront pas le plaisir d'être là et Gustav et Angela ne vivront jamais plus et les défunts ne peuvent rien pour nous et saoulons-nous la gueule de joie et d'indifférence et d'oubli et elle leur expliquait qu'ils avaient de la chance de respirer librement l'air pur au lieu d'avoir comme eux de la terre plein la bouche.

Je la sermonnais sans résultat.

Un soir Oncle l'entendit raconter aux gosses que la mort d'un enfant creusait le ventre de sa mère comme avant sa naissance il l'avait gonflé. Ils la regardaient effarés et quand il a grondé Johanna, ce sont eux qui se sont mis à pleurer. Quelques jours plus tard elle raconta en sa présence qu'Angela et son frère étaient tristes de l'avoir vue jouer.

Ils voudraient bien eux aussi pouvoir jeter la balle.

Il l'a battue.

L'abbé Probst m'enguirlanda quand je lui fis part de mes cogitations.

— La colère de Dieu est peut-être la cause de la mort d'Ida.

— Malheureuse, une pauvre humaine comme vous ne saurait L'irriter jusqu'à Le pousser par vengeance à tuer un enfant. Vous êtes toujours aussi orgueilleuse, ma fille.

— J'en demande pardon au Ciel.

— C'est seulement par acquit de conscience que je vous absous.

Des blasphèmes aussi graves ne pouvaient être réellement remis que par Dieu. Mon âme était indélébilement tachée. Les confessions renouvelées ne la purifieraient jamais tout à fait.

— L'Église n'est pas une blanchisserie destinée à laver les âmes obstinément salies par leur propriétaire comme un lange par le derrière d'un bébé.

J'osai malgré tout retourner là-bas le lendemain. Cette fois, il consentit à me rendre l'espérance.

— Ma fille, je voulais vous mortifier.

En vérité toute absolution accomplissait le miracle de rénover l'âme jusque dans ses fibres les plus ténues.

— Même les crimes épouvantables, notre Seigneur a le pouvoir de les effacer. Si l'empereur Néron, matricide et incendiaire de Rome, avait demandé pardon à Dieu entre l'instant où il enfonçait son poignard dans sa gorge et celui où il passa, Il aurait peut-être décidé de lui accorder son pardon. Si le Diable lui-même se repentait, il siègerait le soir même à la droite du Père et saint Pierre en personne éteindrait l'enfer car, sans patron, un pareil brasier irait à vau-l'eau jusqu'à risquer mettre le feu à tout l'au-delà.

— Vous croyez vraiment, mon Père, que Dieu décidera un jour de fermer l'enfer ?

— Que racontez-vous là ?

— Je ne sais pas, mon Père.

— Les fourneaux de l'enfer sont plus nécessaires à la foi que Dieu lui-même. C'est pour éviter ses flammes que nous nous prosternons.

Il me donna l'absolution en silence.

— Allez en paix, ma fille.

Je me suis extraite du confessionnal. Les pavés brillaient comme des plats d'argent, des vitraux tombaient une lumière douce comme de la crème, pareille à un dessert merveilleux. La réalité soudain m'enchantait. J'étais sûre que le Diable bientôt se repentirait. Il se réconcilierait avec Dieu qui Lui-Même reconnaîtrait Ses torts. Je me sentais innocente à jamais.

En rentrant, j'ai annoncé la nouvelle à Johanna. Elle aurait voulu la hurler à la fenêtre afin que toute la rue entonne un *Alléluia*. Je lui ai dit de n'en rien faire.

— Et surtout n'en touche mot à Oncle.

Elle baissa yeux, effrayée.

— Je jure que je ne lui dirai rien.

Il l'avait battue si rudement, qu'à présent son nom seul la terrifiait.

Notre exaltation fut de courte durée. Quand Johanna évoqua mes confidences à confesse, l'abbé Probst lui infligea la récitation de vingt-cinq *Pater*. Lorsque je suis retournée le voir il m'accusa d'avoir inventé tout ce fatras blasphématoire qui lui vaudrait d'être exilé dans une obscure paroisse campagnarde s'il arrivait aux oreilles de l'archiprêtre dont dépendait l'église Saint-Stephan.

Sitôt après la mort d'Ida les coups de boutoir avaient redoublé. Outre la nécessité de remplacer les enfants perdus, l'abbé jugeait que l'acte de chair m'étant désagréable et souvent douloureux, il constituait une mortification. Certains maris font le bonheur terrestre de leur épouse mais trop de mollesse les fait pécheresses et elles seraient damnées. Oncle n'était pas de ceux-là et les tracas qu'il m'infligeait deviendraient autant d'années de purgatoire qui à la male heure me seraient défalquées.

— À moins, ma fille, que votre inconduite vous vaille la géhenne.

— La géhenne, mon Père ?

Dans ce cas, les désagréments endurés dans mon ménage l'auraient été pour rien.

Tandis que Rosalia effectue les tâches ménagères, ma sœur peut s'occuper pleinement des enfants. Si nous n'avions pas de domestique, le temps me manquerait pour le perdre à écrire. Mon cahier est épais, cependant depuis quelques jours toutes les pages sont noircies et j'en suis réduite à écrire dans les marges d'une écriture de plus en plus fine qui finira par devenir illisible pour autrui comme pour moi.

Je n'ose le relire. Il me semble qu'il contient beaucoup plus de phrases que je n'en ai produites. Pourtant en le feuilletant je reconnais partout mon écriture. Je suis peut-être somnambule. Dans ce cas j'espère au moins ne pas commettre de graves péchés pendant la nuit qui est propice aux méfaits.

Quand il sera grand je pourrai peut-être en donner lecture à mon enfant afin qu'il sache à quel point je me souciais de son avenir en l'attendant. En réalité, mieux vaut sans doute qu'il garde de sa mère une image banale et stricte. Même les passages les plus anodins pourraient lui laisser imaginer que dans ma tête règnent la fantaisie, le chaos. Le fait même de m'être crue autorisée à écrire en dehors d'une situation de stricte nécessité me ferait passer à ses yeux pour une dévoyée.

J'étale Oncle sur le papier.

Je dois me contenter de la vie sans essayer d'en laisser trace. Je la déforme avec mon porte-plume, j'en suis le mauvais peintre. Cette façon de remplacer la réalité par des phrases est impure. Je devrais gommer mes loisirs en travaillant.

Oncle refusera de renvoyer Rosalia.

Je vais cependant accomplir une partie de sa besogne. Elle est de nature fainéante, elle ne demandera pas mieux que de me laisser éplucher les légumes et de récurer les casseroles à sa place. J'emmènerai les enfants jouer au bois. Je courrai avec eux jusqu'à n'avoir plus la force en rentrant de tresser d'interminables cordes de langage comme si on pouvait immobiliser la réalité et la ligoter comme un rôti. Si j'étais une épouse honnête, je devrais ce soir même remettre toute mon écriture à Oncle afin qu'il me juge. Il sera clément car croît en moi sa chair et son sang.

Rien n'empêche d'imaginer qu'un caractère volontaire permette à mon enfant de dépasser les capacités d'un humain ordinaire comme de rares animaux deviennent savants alors que leurs frères et sœurs continuent à mener la vie de bête idiote sans même avoir conscience de leur sort. Dans un siècle, le nom d'Oncle aura tant prospéré qu'il ornera les papiers d'identité de professeurs, de juges, de médecins plus instruits que tous les Bloch de l'univers et dûment médaillés par l'empereur pour leur talent. Un peuple innombrable estampillé de son nom comme ces biscuits qui portent, gravée en toutes lettres sur leur croûte, la marque de l'entreprise dont ils sont les sujets éphémères avant d'être broyés par les dents d'un gourmand et de disparaître dans sa gorge obscure comme les vivants dans la mort.

Souvent, quand la maison est tranquille je ferme à clé la porte de la chambre, tire le verrou du cabinet de toilette contigu et me déshabille jusqu'à la taille. J'observe mon ventre nu.
Béni sois-tu, enfant de Dieu.
Je répète ces mots qui m'enivrent. Je renferme dans mon ventre un atelier de Dieu où neuf mois durant Il façonne cette nouvelle créature à la manière d'un fruste savetier incapable de reproduire à l'identique le même sabot car issue de ses mains chaque pièce aura sa propre personnalité et aucune paire n'aura jamais sa jumelle. Je recèle dans mes entrailles une divine fabrique où, tel un oiseau laborieux, le Saint-Esprit dépose bribe après bribe les filaments qui constitueront l'âme de mon enfant comme à force de brindilles un moineau construit son nid.
De la chair de ma chair je suis le tabernacle.
Je l'imagine naissant flamboyant, éclairé de l'intérieur par Sa lumière, débarrassé pour un instant par la grâce de Dieu du péché originel pour lui permettre de faire en ce monde une entrée fanfaronne. Il poussera son premier cri quand prendra fin le sortilège. Une fois trempé dans les fonts baptismaux, il sera à nouveau pur comme un flocon.

Une mère qui aimerait vraiment son enfant l'étoufferait au retour de l'église avant qu'il ait eu le temps de commettre le moindre péché. À quoi bon le laisser passer des décennies à jouer son salut à travers les embûches et les tentations quand après lui avoir donné la vie on peut lui accorder le bonheur éternel.

Si la mère du Diable avait tué son enfant juste après le baptême, il n'aurait pas répandu le malheur par le monde, et pareil à la fumée de l'encens il serait monté délicatement au Ciel. Elles sont égoïstes les femmes, de privilégier leur salut à celui d'un être qui ne leur a pas quémandé l'existence et qui peut-être sera damné. Pour un chrétien la vie est trop dangereuse, elle ne vaut pas la peine d'être vécue.

Je divague, sans doute.

Je n'aurai jamais le courage de me damner pour sauver mon enfant. Je pourrai seulement essayer de l'empêcher de trop aimer la vie. Johanna avait raison de blâmer la joie d'Aloïs et d'Angela. La prière doit remplacer le jeu qui n'est pas une prescription des Évangiles. Si la Vierge n'a pas intercédé pour les envoyer directement au Paradis en raison de leur statut d'enfant n'ayant point encore atteint l'âge de raison, mes deux petits morts me maudissent peut-être en ce moment du fond du purgatoire de les avoir laissés rouler sur la pente du divertissement. Ils paient cher quelques instants de plaisir à tripoter une poupée, un soldat de plomb, une baguette à laquelle j'avais fixé un morceau de ruban pour le faire flotter au vent. Au lieu de leur chanter des comptines j'aurais dû leur réciter des psaumes et leur enseigner une sainte terreur de l'hilarité. Dès qu'en eux ils en auraient senti les prémices, ils se seraient agenouillés pour demander pardon au Ciel et en place d'éclats de rire offrir leurs sanglots au Christ en croix assoiffé par la montée du Golgotha.

Ils auraient eu la joie en horreur.

À la fin du dîner, Oncle se plaignit de notre époque tranquille. Il regrettait que l'Europe ne soit pas en guerre. Il languissait qu'un incident se produise. Rien ne justifiait cette paix qui n'en finissait pas. Il fallait profiter de la faiblesse de la France pour en faire une province de l'Empire dont la Suisse serait le portail.

— Une fois l'Autriche dissoute, Bismarck deviendra notre Napoléon.

Il rougit d'avoir tenu ces propos tendancieux. Il baissa un instant la tête comme pour s'excuser de s'être laissé emporter par sa fougue.

— Du reste, malgré la paix qui nous étouffe le monde est en guerre malgré tout.

Mais empereurs, rois, princes et présidents ne s'en apercevaient pas,

— La guerre, c'est la preuve que le cœur de la planète bat encore.

Que le sang circule rouge vif dans ses veines et coule à gros bouillons des artères des égorgés dont la mort fut rapide comme la lumière et tuer est un plaisir fugace et l'ensevelissement des corps une lourde corvée et on ne cesse de creuser de consumer de broyer pour se débarrasser des déchets de l'assassinat et on ne séparera jamais la terre du sang dont elle est imbibée et les rivières souterraines en sont écarlates et après un long voyage il jaillira à la gueule des nostalgiques qui s'en pourlècheront comme d'un grand cru et il importait de purifier cette Europe infestée de républiques et de principautés et nous étions depuis trop longtemps submergés de lois, de principes et nous étions assourdis par le perpétuel caquetage des punaises parlementaires. Oncle était impatient d'entendre parler la poudre, tonner le canon, hurler la populace des vaincus dont les cadavres nourriront nos bêtes. Mais il suffirait de quelques salves pour provoquer la reddition générale du continent. Depuis l'abolition du servage, même la Russie devenait chaque année plus veule.

Il envisageait d'écrire un article pour le *Wiener Zeitung*.

— C'est une bonne idée, m'enthousiasmai-je.

— Une bonne idée, renchérit Johanna.

Il la fixa violemment comme si son regard acéré voulait crever ses yeux.

— Tu es vivante.

— Oui, Oncle.

— Tu es un corps déglingué auquel manque la tête.

— Je ne sais pas.

Elle retenait ses larmes pour ne pas l'irriter. D'une voix soudain douce, il lui a demandé si elle pensait parfois mettre fin à ses jours. J'ai senti qu'elle ne comprenait pas à quoi il faisait allusion. Il partit d'un rire bonhomme quand elle éclata en sanglots.

Quinze jours plus tard, une lettre d'Oncle parut dans le courrier des lecteurs du *Wiener*.

Le lendemain matin à son réveil, Oncle tapota mon ventre du bout des doigts.

— Alors, il donne des coups de pied, le petit caporal ?

Je reconnais ma sottise de m'être sentie flattée qu'Oncle attribue soudain un grade à mon fruit.

— Non, il semble dormir du sommeil du juste.

Il sembla déçu qu'en présence de son père il ne manifeste pas sa virilité par quelque ruade. J'ai craint un instant d'être enceinte d'un pleutre. Dans ces conditions mieux valait cent fois mettre au monde une fille.

Quand nous devenons grosses nous faisons surgir de notre sac à malice un humain que personne n'aurait pu créer à notre place. Cette créature prospère tout contre nos viscères. S'Il l'a voulu ainsi, c'est pour nous en détourner. Quand j'ôte ma chemise pour les besoins de la toilette, je dois désormais m'abstenir de lui jeter le moindre regard. À force d'être contemplé dès avant sa naissance un garçon peut devenir orgueilleux, une fille prétentieuse.

À force de l'imaginer magnifique.

À force de l'imaginer sous la peau tendue de son ombilic, sa mère a fait de Satan un enfant présomptueux et cruel. Tant que Dieu ne mettra pas le holà, l'ancien fœtus trop choyé moissonnera toujours plus d'âmes. Combien de fois le Malin a-t-il dû faire agrandir l'enfer tant le nombre de condamnés s'est envolé avec les siècles, alors que le paradis se remplit toujours plus lentement, tant le goutte-à-goutte des nouveaux élus se tarit. Pétri d'orgueil, de haine, de ruse, le Mal croît.

Candide, ingénue, généreuse, la Bonté est sa proie.

Les parents de Satan étaient sûrement des animaux puisqu'en guise de fesses leur fils porte une longue queue de rat. La condition humaine me préserve donc du malheur de le mettre au monde une deuxième fois comme elle me prive du bonheur de pouvoir espérer accoucher du Saint-Esprit qui s'envolerait aussitôt vers les nues. Cependant, je puis raisonnablement espérer être grosse d'un saint. Il figurera dans le calendrier sous le nom d'Oncle qui deviendra un prénom comme tant de patronymes de canonisés le sont devenus depuis l'aube du christianisme.

Même si de nos jours les nouveaux saints sont rares.

Je m'abstiens de brûler ces pages impies. Aux fins de mortification je m'obligerai un jour à les relire comme dans les couvents on se donne la discipline au pied de la croix. Lors de mes grossesses précédentes je ne réfléchissais ni ne me regardais. Les malheurs et l'âge m'ont pervertie. Je suis aussi désorientée que si je m'apercevais que je portais l'enfant d'une autre. Oui, mes phrases ont circulé et se sont modifiées peu à peu comme celles qui de génération en génération servent à colporter des contes. Mon récit vous parvient après avoir traversé le temps. Il a essuyé les tempêtes qui depuis ont secoué l'humanité.

Nous autres femmes, portons en nous le squelette qui garnira un de ces ventres de bois dont les tombes sont pleines. Pas de quoi pavoiser, au contraire nous devrions pleurer le futur mort dont nous sommes le tombeau provisoire avant de le jeter au monde le temps qu'il faute, pèche, soit moissonné par la mort et damné.

Au début du mois, l'administration des Douanes avait convoqué ses fonctionnaires à Vienne afin de les initier à la photographie. Dorénavant, ils devraient portraiturer eux-mêmes le moindre contrebandier pour illustrer son dossier d'un cliché et avec leurs appareils portatifs qu'ils pouvaient glisser dans une poche de leur uniforme, les soldats photographiaient leur proie nue qu'ils contraignaient à courir dans la neige à coups de bâton et les vieilles gens obligées de sauter pour attraper les nuages et un bébé tète le sein de sa mère morte et tous les langages du globe à bout de mots pour raconter la douleur et Oncle rêvait de séjourner dans le quartier du palais impérial de Hofburg et ils furent logés dans une chambrée de la caserne Rossauer.

En fait d'agapes, ils durent partager l'ordinaire des soldats. Il refusa de sortir un soir avec ses collègues pour aller boire dans le quartier de Leopoldstradt envahi par les Juifs orthodoxes portant longue robe et barbe dissimulant leur crasse.

— Ces malpropres n'aiment pas l'eau.

Contrairement à Bloch dont la famille implantée depuis longtemps en Autriche avait fini par se civiliser, ces gens-là étaient recouverts d'une seconde peau hérissée de bacilles comme d'écailles celle des serpents. Les pogroms étaient barbares, on s'apercevait en outre aujourd'hui qu'ils n'avaient servi à rien. Ces Juifs mal léchés qui déshonoraient les Juifs eux-mêmes ne faisaient qu'infecter l'Empire.

— Qu'on les expulse en masse vers une île lointaine entourée de requins où ils croupiront jusqu'à la fin des temps.

J'imagine à quel point Oncle pouvait se sentir dépité au terme de cet éprouvant séjour. Son visage était tailladé de sa propre main, tant la rage le prenait à chaque fois qu'il devait raser cette figure dont à son avis l'administration s'était outrageusement moquée.

Je m'étais empêchée d'écrire depuis cinquante-huit jours. Je m'étais juré d'oublier ce cahier. Le jeter comportait le risque qu'un chiffonnier le récupère, le vende à un papetier qui avant d'en faire de la pâte prenne la peine de l'entrouvrir. En maints endroits traînaient des indices pouvant trahir mon identité. Il le porterait à Oncle. Il me faudrait alors passer aux aveux. Une bonne chose sans doute pour mon salut, mais cette perspective me donnait envie de mourir.

J'ai jeté le cahier dans le poêle du salon.

Je l'ai regardé brûler, ouvrir grands ses feuillets, s'amenuiser, disparaître dans les flammes. Désormais, je me contenterais de penser à l'abri de mon cerveau protégé d'autrui par son casque d'os sans chercher à en déposer trace à l'extérieur.

Hélas, la semaine dernière en apercevant par la fenêtre d'un appartement situé en face de chez nous une jeune fille en train d'écrire à son pupitre, j'ai éprouvé une forte envie de m'emparer de son crayon et de prendre sa place. J'avais l'impression qu'elle était si proche qu'il m'aurait suffi d'un saut pour gagner sa chambre. Il y avait derrière elle un tableau noir dans la pénombre où semblaient inscrits des vers. Me vint l'idée d'emmener Johanna au bazar tandis que les enfants faisaient la sieste.

— Un tableau noir ? Noir.

Johanna semblait effrayée.

— Je dois initier Aloïs à l'alphabet.

Elle a baissé les yeux comme une coupable. Ce mot lui rappelait l'école et tous les coups de baguette qu'elle avait reçus parce qu'elle n'arrivait pas à en reproduire convenablement les lettres. Nous avons transporté le lourd objet à petits pas à la maison et nous l'avons monté clopin-clopant à l'appartement. Nous avons ensuite poussé une petite armoire à chaussures qui encombrait mon cabinet de toilette jusqu'à la chambre des enfants. Nous avons installé le tableau à sa place.

Un tableau rectangulaire de la taille de quatre torchons cousus ensemble, fixé à un trépied de bois verni. J'avais acheté un assortiment de craies dont certaines de couleur. Johanna l'a contemplé un moment, l'air inquiet.

— Tu vas battre Aloïs ?
— Mais pourquoi donc ?
— S'il ne comprend pas ?
— De toute façon, il comprendra.

J'ai souri mais elle ne semblait pas rassurée.

— Je te jure de ne pas le toucher.

Elle m'a embrassée comme pour me remercier d'une grâce qu'elle m'aurait arrachée.

Quand Oncle est rentré, il sembla agacé par notre présence. Cela lui arrive parfois après avoir subi toute la journée ses supérieurs, ses collègues et les contrevenants. Il n'a pas répondu à mon salut, a pris une pipe dans le râtelier et s'est occupé à la fumer en s'abîmant dans la lecture du journal. Au cours du dîner, il désigna mon ventre de l'index en me demandant si son enfant était toujours gaillard.

— Oncle, je le crois.

J'ai eu l'audace alors de lui parler de mon projet d'enseigner Aloïs.

— Il n'ira à l'école que l'an prochain, bougonna-t-il en mâchant une bouchée de bœuf.

— Il a déjà sept ans.

Après avoir mangé sa poire, il m'adressa la parole pour me demander de lui servir une tisane au salon avec son verre de schnaps.

— Ton ragoût m'a barbouillé.

— Rosalia va m'entendre.

— Si elle cuisine mal, c'est que tu ne sais pas la gouverner.

— Je vous assure qu'à l'avenir je goûterai les plats à chaque étape de leur confection.

Il me donna une petite tape sur la nuque en se levant de table.

— Tu emploies de ces mots pour parler de tambouille.

Lorsque plus tard il pénétra dans le cabinet de toilette afin de se rafraîchir avant son coucher, je l'ai entendu crier fort quelque chose que je n'ai pas compris. Ses ablutions terminées, il est revenu dans la chambre.

— Je t'écoute ? demanda-t-il de sa voix la plus cinglante.

J'ai bredouillé.

— Tu es une sotte. Pourquoi lui apprendre les lettres à l'avance ? J'ai su lire à neuf ans et je suis officier des Douanes.

J'ai baissé le nez.

— C'est une dépense, tu aurais dû m'en parler avant.

J'avais peur qu'il m'oblige à rapporter le tableau au magasin en exigeant son remboursement. J'aurais dû discuter, m'humilier, pleurer peut-être pour qu'ils consentent à décaisser la somme dont leurs comptes portaient sans doute déjà la trace. Il a demandé à voir la facture.

— J'aurais eu une ristourne si j'étais allé là-bas moi-même.

Son uniforme impressionnait et puis souvent les commerçants tiennent à entretenir de bonnes relations avec les fonctionnaires car leur pouvoir de nuisance est grand.

— Je passerai demain la leur réclamer.

— Alors, vous êtes d'accord pour que nous le gardions ?

— Réflexion faite, il ne peut être mauvais pour un gosse de commencer l'école avec un avantage sur les autres.

Cependant, comme je ne lui avais pas demandé la permission, il m'annonça qu'il retrancherait pendant douze mois de mon allocation hebdomadaire un cinquante-deuxième de son prix.

Le magasin refusa de restituer la moindre piécette mais lui donna en cadeau un cendrier d'opaline.

J'ai commencé à instruire Aloïs dès le lendemain matin. Il n'était pas attentif et au bout de dix minutes il a quitté la pièce en courant. Je l'ai rattrapé, il est reparti. De guerre lasse, je l'ai laissé filer.

En début d'après-midi, à l'heure de la sieste quand toute la maisonnée était assoupie j'ai entrepris d'écrire. J'ai dû casser la craie en deux tant elle grinçait. La grossièreté de l'outil oblige à tracer des lettres empâtées. Quand on veut relire une phrase on doit prendre du recul. Avec le temps, j'arriverai sûrement à écrire aussi vite que sur du papier mais le tableau n'est pas si grand et je perds du temps à l'effacer quand il est tout entier recouvert de mots.
J'éprouve un sentiment de grande liberté en sachant que personne ne pourra jamais mettre la main sur mes pensées. Les écrire me permet de les voir un instant de mes yeux au lieu de les remuer à l'aveugle dans ma tête. J'aime contempler toutes ces vagues de mots, l'éponge en main, avant de les faire disparaître. Je m'aperçois qu'il ne servirait à rien d'en conserver la trace matérielle car les tableaux successifs se superposent dans ma mémoire, formant un grand livre dont je pourrais à la demande retranscrire le contenu tout entier. J'éprouve une sorte de jouissance en passant devant Oncle la tête remplie de phrases qu'il ne pourra jamais lire.

Je sursaute car quelqu'un claque la porte de l'immeuble.
Je remplace avec l'éponge tout ce que je viens d'écrire par une grosse tache humide et brillante sous le brin de soleil qui tombe de la lucarne du cabinet de toilette.

Johanna est persuadée que faire tomber une tasse par maladresse est un péché, même si la porcelaine résiste au choc. Elle croit que des pensées coupables l'ont traversée sans pouvoir jamais se souvenir desquelles. Même la conséquence de la digestion lui paraît suspecte. Elle l'assimile au péché de la chair.

Alors que j'attendais mon tour, j'entendis un rire secouer le confessionnal. L'abbé Probst n'avait pu résister quand elle lui avait avoué un péché farfelu dont il entendait parler pour la première fois. D'ordinaire, nous allons à l'église séparément afin que l'une demeure toujours à la maison pour surveiller les enfants mais ce matin-là nous les avions laissés aux bons soins de Rosalia.

Je pense trop au malheur. La joie est une matière rare comme l'or. Je me souviens trop souvent des deux petits. Ils me voient pleurnicher de là-haut. Mon chagrin les attriste et parfois les met en colère. Ils se plaignent à Dieu de ma lâcheté.

Je dois être gaie pour mon salut.

Depuis un moment déjà j'entends Aloïs chahuter avec Angela. Johanna entonne une chanson où il est question d'un berger dont la chèvre a le rhume des foins. Je dois surveiller le dîner. C'est un fait, quand on lui laisse la bride sur le cou Rosalia bâcle la besogne. Il est temps d'effacer et de balayer le plancher de toute cette poussière de craie. Elle pourrait mettre à Oncle la puce à l'oreille car il y en a beaucoup trop pour provenir d'une simple leçon donnée à un gosse auquel on apprend à tracer des lettres. Il pourrait en déduire que je fais un usage secret de ce tableau. Il me demanderait lequel. Je rougirais si fort que cela ne servirait plus à rien de nier. Il me ferait jurer de ne plus jamais recommencer à écrire.

— Oncle, je vous le jure.

Je l'imagine chaque soir m'imposant de le regarder dans les yeux sans cligner des paupières. Il a l'habitude d'interpréter les moindres mimiques des contrebandiers. Aucun mensonge ne saurait échapper à sa clairvoyance.

Le soleil n'avait pas brillé depuis plusieurs jours. Ce matin le ciel est pur. Johanna est partie promener les enfants.

Je ne peux m'empêcher de regarder mon ventre. J'ai l'impression d'être construite autour. Mon corps ne vit plus que pour son fruit. Il en est responsable. S'il le rend avant terme, il sera aussi coupable que n'importe quel bandit. Moi aussi du reste, car je suis aussi mon corps et je ne peux m'affranchir de son joug. Nous sommes comme deux bœufs tirant la même charrue. Il est normal que j'exerce sur lui une surveillance.

La casserole de lait déborde moins souvent quand on la surveille.

Je rêve d'un vasistas au travers duquel je pourrais surveiller mon bébé en formation. Je serais du reste bien aise de savoir enfin si je renferme une fille ou un garçon. On ne les élève certes pas de la même façon. On les porterait différemment si on savait.

On nous reproche de mettre au monde des mortels, pas des statues de marbre qui traversent les millénaires et les humains en gestation dans les ventres des femmes alignées et leur avenir de cendre et je suis une parturiente innocente pareille aux suppliciés dont je porte fièrement le bourreau et je devrais l'étouffer avant sa naissance et le rendre à la terre comme du crottin et je n'aurais jamais dû exister et mes ancêtres non plus et pourtant on ne peut pas déduire un enfant de sa mère ni soupçonner personne de se souvenir du siècle prochain.

Après le petit déjeuner, j'ai essayé d'apprendre à Aloïs la lettre E. Je l'ai tracée en rouge pour qu'elle se grave plus aisément dans sa cervelle. Il l'a regardée fixement, l'a visée avec son doigt, a émis un bruit de détonation et puis il a hurlé *hourra !* comme s'il avait réussi à descendre cette infortunée voyelle.
Pour retenir son attention avant qu'il prenne la poudre d'escampette, j'ai dessiné un train avec à la place de la locomotive un canard dont la fumée s'échappait du bec déployé. Il m'a demandé pourquoi je ne dessinais pas à la place le petit frère qui allait arriver au printemps.

— La cigogne apportera peut-être une sœur.
— Père a dit que ce sera un garçon.
— On ne peut pas être sûr.
— Père en est sûr.

J'ai représenté un bébé enroulé dans ses langes avec une mèche tire-bouchonnée au sommet du crâne. Il a voulu que je le coiffe d'un casque militaire. Je lui ai dessiné un simple chapeau de bourgeois.

— C'est pas drôle, murmura-t-il tristement.

J'ai effacé le canard et l'enfant. J'ai tracé un D sur toute la hauteur du tableau.

— Recule, recule.

J'ai ouvert la porte qui séparait le cabinet de toilette de la chambre. Je lui ai montré la lettre de loin. Il a paru intéressé.

— C'est un arc ?
— Mais non, c'est un D.

Il est parti déçu en traînant des pieds. Je crois qu'il n'aime pas apprendre.

Aujourd'hui, je suis allée au marché avec Rosalia. En vidant les truites, une marchande de poisson m'a demandé si j'étais grosse. J'ai penché mon buste vers l'avant pour réduire la bosse qui commence à poindre. Il faut que sous mon manteau d'hiver je porte celui de demi-saison afin de mieux dissimuler mon état.

Je dois rester décente malgré ma fierté de porter un enfant d'Oncle.

La poissarde avait l'œil égrillard. Elle pensait à l'acte que les femmes subissent pour donner des enfants aux hommes. Pendant un bref instant elle m'a imaginée en mauvaise posture abouchée au futur papa qu'elle a dû déjà apercevoir en ma compagnie. Malgré le froid, j'étais brûlante. La honte réchauffe mieux qu'une bouillotte.

Hier soir, tandis qu'il fumait sa pipe après le dîner j'ai répété à Oncle ce que m'avait révélé Aloïs l'autre jour.

— Vous croyez vraiment que nous aurons un garçon ?
Il a souri.
— J'en suis certain.

Il m'a pincé la joue et il a parlé soudain à voix basse comme s'il me révélait un secret.

— C'est le docteur Bloch qui me l'a dit.
— Comment il le sait ?
— Surtout n'en parle à personne.
— Je le promets.

Johanna qui faisait semblant d'arranger un rideau en nous écoutant m'a demandé ensuite ce qu'il avait chuchoté. Je lui ai dit que c'était un grave secret. Elle a imité Oncle en posant son doigt sur sa bouche. Elle a peur de certains mots. Grave en fait partie, secret aussi.

Je m'étais confessée trois jours plus tôt. Mais je me suis souvenue ce matin d'une pensée impie que je m'étais gardée d'avouer la fois précédente.

L'abbé m'a semoncée.

— Quel péché avez-vous donc commis depuis avant-hier ?

— Je ne sais pas, mon Père.

J'ai regardé mes mains. Dans la pénombre elles m'ont paru grises.

— Est-ce que je pourrais avoir en moi un saint ?

Il sursauta dans la caisse qui me sembla vaciller comme un esquif. Je sentais sur mon visage le souffle de sa colère traversant les croisillons de la grille de bois. Je me suis extraite du confessionnal et je me suis permis de courir. La grande porte était verrouillée. Il m'a rattrapée à pas lents et solennels. Sa voix grave sonnait dans l'église glacée comme le gros bourdon d'un clocher.

— Repentez-vous. Jeûnez en signe de contrition. Dimanche, éloignez-vous de la table de la communion. Vous n'êtes qu'une mécréante au ventre garni d'un pécheur ou d'une pécheresse.

Malgré ma frayeur, j'ai murmuré que ce serait un garçon.

— Dieu seul le sait.

— Oncle l'a dit.

— Quel oncle ?

— C'est mon mari qui l'a dit, répondis-je en entendant trembler ma voix.

— Perdez l'habitude de l'appeler ainsi. Ce n'est pas chrétien. Sa Sainteté a eu l'indulgence de consentir à votre union, ne faites pas regretter à Dieu Son infinie bonté.

Je n'ai rien pris à midi. J'ai laissé Johanna croire que j'étais malade par honte de lui dire la vérité. Le jeûne est une dure privation. Je ressens les affres des mendiants. Il me semble voir sur mon visage l'ombre de leur rictus quand ils n'ont rien consommé depuis plusieurs jours et à jeun depuis l'avant-veille ils avaient traversé la ville à pied des ballots à l'épaule et portant les malades traînant sur une charrette un matelas des marmites un guéridon une machine à coudre sauvés de leur appartement livré au pillage des autres villageois et ils ont été précipités dans des maisons de poupée déjà pleines et tout autour de hauts murs au ciment encore humide et une famille par pièce

et ils sont obligés de s'allonger à tour de rôle pour dormir

et à travers la grille du portail ils troquent leurs bijoux leur montre leur dernière cuillère en argent contre une pomme de terre à moitié pourrie un morceau d'ersatz de pain noir contre un ricanement des soldats qui montent la garde et quand ils n'ont plus rien ils mendient dans les ruelles et les survivants passent indifférents devant les corps gonflés par la faim et douloureux à regretter de n'avoir plus la force de se suicider et les survivants meurent fusillés le mois suivant et en rentrant de son travail Oncle nous a annoncé que cette fois encore les parrains seraient le même couple de Viennois dont il espérait l'héritage s'il vivait assez vieux pour les enterrer.

Prétextant une indisposition, j'ai refusé de participer au dîner.

Oubliant qu'il l'avait fait caporal naguère, Oncle m'a obligée à avaler une grosse assiettée de soupe afin de ne pas affamer le petit soldat. Il me sembla qu'il remuait dans mon ventre pour tenter de se mettre au garde-à-vous.

— Et maintenant au lit.
— Oncle, il n'est même pas huit heures.
— Quand on est malade, on se couche.

Je me suis tournée et retournée sans trouver le sommeil. Johanna est venue me voir mais je n'ai pas osé allumer la bougie. Elle m'a pris la main. Je lui ai dit à quel point je regrettais d'avoir consommé cette assiettée.

— Tu l'as rendue ?
— Hélas, non.

Je l'ai prise dans mes bras. Je lui ai murmuré à l'oreille ma confession. Elle s'est mise à claquer des dents.

— Un saint ? Mais si c'était le contraire ?
— Que veux-tu dire ?
— Tu peux donc avoir n'importe qui là-dedans ?

Elle posa ses deux mains sur mon ventre avant de les retirer aussitôt comme s'il renfermait Satan lui-même.

— N'importe qui, n'importe quoi ?

Maintenant, elle s'agrippait. Elle enfonçait ses ongles dans ma chair.

— Un animal ? Un animal ?
— Oui, je vais accoucher d'un tigre.

J'ai rugi. Nous avons éclaté de rire toutes les deux.

— Allons, je n'ai dans le ventre ni ange ni bête. C'est pourquoi je dois me repentir de mon orgueil.

Oncle a poussé violemment la porte. Il tenait un bougeoir à la main. Il a éclairé l'un après l'autre nos visages.

— Que faisiez-vous donc dans l'obscurité ?

Il a fait sortir Johanna. Il a soufflé la flamme. Il a soulevé ma chemise. Il m'a prise.

Malgré la soupe qu'Oncle m'avait forcée à absorber, je n'avais pas renoncé à jeûner. Le lendemain soir, j'ai absolument refusé d'absorber la moindre nourriture dont dans la journée je n'avais pas avalé le plus mince soupçon. Il a eu beau me menacer en levant la main, je ne lui ai pas cédé. Quand nous fûmes couchés, il me demanda la raison de ma conduite.

— Je n'ai pas d'appétit, voilà tout.
— Tu te moques ?
Il me donna une bourrade.
— Pourquoi ne veux-tu plus manger ?
— Je ne sais pas, je vous assure.
Il me secoua si fort que j'ai eu peur de perdre l'enfant.
— L'abbé Probst m'a ordonné le jeûne.
— Pourquoi donc ?
— Afin que je fasse pénitence.
Il blasphéma le nom de Dieu.
— Attention, Oncle, le Ciel vous entend.
— Tais-toi. Une femme grosse doit manger pour deux. Il va m'entendre, ce curé.

Il s'est levé, m'a tirée hors du lit, m'a traînée à la cuisine, m'a attablée, m'a obligée à engloutir la totalité du dîner dont je n'avais pas voulu. Tout était froid mais à son avis il était trop tard pour perdre du temps à réchauffer les mets.

Nous nous rendîmes à l'aube au presbytère. J'étais honteuse. S'il ne m'avait pas solidement tenu la main je serais partie me jeter sous les roues de la première carriole venue.

L'abbé nous reçut vêtu d'une de ces robes de bure que portent les moines. Une antique lampe à huile éclairait d'une lueur spectrale son visage féroce. Une odeur de vin aigre gâtait l'atmosphère. Dans le clair-obscur on distinguait un bric-à-brac de vieux bancs amputés, un bénitier en marbre fêlé, ainsi qu'un coffre grand ouvert débordant d'habits sacerdotaux dont on ne percevait que les ornements d'argent et d'or brillant encore malgré l'extrême usure et je ne sais pourquoi – je ne me suis jamais aventurée dans de pareils quartiers – ils me rappelaient les accoutrements dont certaines femmes s'affublent – je l'ai entendu dire par Oncle – dans les rues sordides, pour attirer l'attention des hommes.

Sans prendre le temps de le saluer, Oncle lui reprocha d'attenter à la santé de son descendant.

— Peut-être sera-ce une descendante.

— Quelle idée, reprit-il sans relever l'insinuation, d'ordonner à une femme enceinte de jeûner !

L'abbé se tourna vers moi.

— Répétez donc à votre époux ce que vous m'avez dit l'autre jour. Quant à moi, je ne peux rien dire et vous le savez bien.

— Je ne me souviens pas, prononçai-je d'une voix assourdie par l'écharpe derrière laquelle je me dissimulais.

Je fus souffletée à plusieurs reprises par Oncle. J'ai parlé. L'abbé précisa que dans son esprit ce jeûne devait durer l'espace d'une soirée.

— C'est déjà une éternité pour une femme dans son état.

— Une éternité ? répéta le prêtre avec un sourire âpre. Mais c'est justement pour lui éviter une épouvantable éternité que je lui ai ordonné ce sacrifice. Si malheureusement la mort l'avait surprise en sortant de l'église elle serait tombée dans les abysses où elle se serait consumée à jamais de conserve avec l'être souillé par le péché originel dont elle est farcie comme une dinde de chair à pâtée.

— Vous êtes saoul, Probst ?

En effet, le prélat semblait vaciller autour de son axe.

— Adieu, curé et ne t'en prends plus jamais à lui, dit-il en visant mon ventre de son index.

Le soir il m'a obligée à dîner deux fois. Il voulait que je mette au monde un gros poupon qui plus tard occuperait un poste honorable, pas un avorton ivrogne tout juste bon à entrer dans les ordres.

— Je te rappelle qu'à cause de toi, j'ai déjà donné mon nom à deux cadavres.

J'ai éclaté en sanglots. Il m'a prêté son mouchoir froissé.

— Arrête de pleurer. Tu l'ébranles à chaque sanglot et à force de chagrin tu le perdras.

Il me tira doucement l'oreille.

— Fais-nous un joufflu petit prince.

Il m'avait expliqué un soir de gaieté qu'étant le premier du nom, on pouvait le comparer à un de ces monarques fondateurs de dynastie et que ses enfants étaient princes et princesses du sang. J'avais imaginé de pauvres gosses à la peau rouge et luisante comme ces pommes enrobées de caramel écarlate que vendent les forains.

— Promets-tu de mettre au monde un petit Hercule ?
— Je vous le promets.
— Et maintenant, garnis ton estomac.

Quand j'eus achevé de m'emplir une deuxième fois, je dus m'allonger sur la méridienne du salon et rester pendant une heure absolument immobile afin que les nourritures me fassent profit. Dans la nuit, le calme ne régna pas dans le lit. Le lendemain il revint à midi. Il repartit aussitôt après sans prendre le temps de déjeuner. Je me demande si le docteur Bloch ne blâmerait pas ces secousses quotidiennes qui risquent peut-être de décrocher l'enfant et de l'expulser avant terme de son logis. Son logis, je suis une maison. La maison de l'enfant, son berceau, ses couvertures et tel un landau tout le jour je le promène.

Je dois savourer ce plaisir quiètement.

Pour compenser la brièveté de l'existence de ma première couvée, peut-être Dieu m'accordera-t-il de mettre au monde une future personne âgée. Un de ces petits vieux racornis qui boite derrière sa canne, une vieille encore alerte qui tient son ménage propre comme un sou neuf. Je suis pareille à un artisan consciencieux mettant un point d'honneur à ce que sa production résiste aux années d'usage, je veux que mon enfant dure longtemps et les vieux ralentissent la progression vers la forêt et les soldats s'amusent à leur donner des coups de botte et les filles et les fils courbent l'échine sans avoir rien vu et les enfants ne crient plus et certains jonchent le chemin et de les avoir vus tomber les autres se sont tus et aucun ne connaîtra la mélancolie d'avoir vécu et le défilement des années et le corps devenu lent et la mémoire atone et le visage caricaturé par le temps et cette peur vague de la mort et sans détonation sans coup sans heurt la mort et la veillée et le cercueil et le cimetière tranquille comme un village aux volets clos et l'abbé Probst m'a reproché cette fois d'avoir tardé à venir me confesser. J'avais peur de le revoir. Je craignais qu'il me fasse des reproches à propos des railleries d'Oncle et du jeûne dont j'avais exagéré la durée.

— Je vous prie, mon Père, de me pardonner.
— Énoncez la liste de vos péchés depuis cette honteuse séance.
— J'ai été trop fière.
— Encore ? Et de quoi, cette fois ?
— De porter cet enfant que Dieu me donne.
— Vous risquez de rendre ce don précaire.

Si je recommençais à m'imaginer porter un saint il était probable qu'Il ne le laisserait pas naître.

— Il n'est pas bon pour la femme d'imaginer. L'homme le peut parfois à bon droit car lui revient la charge d'inventer. Sans les savants, nous serions vêtus de peau de bête. Grâce à leur génie, nous bénéficions du feu, du travail des tisserands et des charpentiers. Mais dans le cerveau de la femme, l'imagination se mue en fantaisies où le Malin prospère.

Il se mit à chuchoter comme s'il voulait me donner un conseil dans le dos de Dieu.

— Mieux vaut pour vous mettre au monde une âme humble dans un corps modeste qui aura une vie ordinaire. Les gens de peu peuplent le paradis où l'on cherche les êtres d'exception avec une lanterne. Le poète Dante qui a exploré l'au-delà le démontre puissamment dans *La Divine Comédie*.

Je me suis mise à trembler. Ce n'était pas de froid, cependant j'ai éternué. Je voyais cet homme explorer les abysses à la lumière d'une pauvre flamme qu'à chaque pas lui soufflaient les valets du Diable. Puis j'ai eu l'impression qu'un démon jaillissait tout glaireux de ma gorge. L'abbé s'est essuyé le visage du revers de la manche de sa soutane.

— Je suis désolée, mon Père.

— Repentez-vous, repentez-vous, repentez-vous encore, traînez-vous à Ses pieds.

Je frissonnais. Il fut silencieux longtemps. Ensuite il récita violemment un *Notre Père* qui me terrifia. Lorsque la confession reprit son cours, il m'accusa de lui cacher des fautes.

— Je vous assure que non.

— Je n'ai pas assez confiance en vous pour ajouter foi à vos dénégations.

Une fois encore, je sortis du confessionnal sans absolution. J'ai erré dans l'église. Les yeux clos des crucifix fouillaient mon regard. Je rougissais à chaque fois que j'apercevais une représentation de la Vierge. Des menuisiers qui réparaient la chaire m'observaient goguenards. Passant devant les fonts baptismaux, j'ai éprouvé le désir d'en soulever le lourd couvercle et de plonger ma tête dans l'eau sainte. Un puits de grâce, d'éternité dans lequel je disparaîtrais tout entière.

Cet après-midi, j'ai emmené promener les enfants. Johanna est allée faire quelques courses et se confesser.

Nous nous sommes retrouvées à la maison pour goûter. Elle avait l'air préoccupée, rabrouant même Angela alors que d'habitude elle lui passe tous ses caprices.

— Qu'est-ce que tu as ?

— Quelque chose, mais je n'ai pas le droit de te dire quoi.

— Alors ne m'en parle pas.

— Je n'ai pas le droit.

Une heure plus tard elle me confiait que l'abbé Probst lui avait demandé d'exercer sur moi une surveillance. Elle jetterait chaque matin un papier plié en quatre dans la boîte aux lettres du presbytère. Elle noterait avec son pauvre langage tous les manquements qu'elle aurait pu constater dans ma conduite au cours du jour précédent. Si elle ne remarquait rien, il lui faudrait inventer une faute qui lui paraisse vraisemblable, même si elle n'en avait pas le moindre indice.

— C'est pour t'éviter la damnation.

Elle montra du doigt mon ventre.

— Il pèche autant que toi.

Je crois que pour la circonvenir l'abbé lui avait laissé entendre que l'enfant était mon complice, peut-être même l'inspirateur de certaines de mes fautes. À la naissance, outre la souillure du péché originel, il pourrait avoir l'âme tout entière tavelée. Certains naissent si mauvais que le baptême ne parviendra jamais à la blanchir. Une femme grosse qui accordait tant d'importance à son passager fardeau paraissait louche au prêtre. L'enfant m'envoyait des pensées funestes que je faisais miennes sans même en avoir débattu dans mon for intérieur.

— Entrez donc dans sa chambre la nuit, avait-il enjoint à Johanna.

Elle s'approcherait assez près du lit pour percevoir le bruit du sabbat auquel le mécréant se livrait dans mes entrailles.

— Non, je mens, reconnut-elle. Il n'a pas parlé de sabbat mais il voudrait savoir si tu ne tentes pas Oncle.

— Quoi ?

— Tenter Oncle.

Elle n'avait pas compris ce qu'il voulait dire. Du reste Johanna est incapable de ne pas affabuler. La réalité lui apparaît sous forme de reflet renvoyé par un miroir malveillant qui la déforme.

Je retins malgré tout de ses palabres que l'abbé Probst lui avait réellement demandé de m'espionner. Je l'approuve, on est souvent indulgent envers soi sans l'avoir voulu. À force de laisser passer des peccadilles on ne les remarque plus et bientôt ce sont de graves fautes qui à leur tour nous apparaissent sans importance. En définitive un crime peut nous sembler si bénin qu'on ne juge pas utile de s'en repentir. Les portes de l'enfer nous sont alors ouvertes à deux battants.

J'avais jeté la semaine dernière une vieille couverture sur le tableau. Je m'étais promis de m'abstenir d'écrire jusqu'à Noël, afin d'offrir ce sacrifice au divin enfant. Je me servais désormais de crayons et de vieux papiers pour enseigner Aloïs. Ce matin, après sa leçon qui ne dure jamais plus d'une quinzaine de minutes tant il est réfractaire à l'étude, j'ai inscrit quelques mots à l'envers d'un emballage de pain de sucre.

J'ai entendu du bruit dans l'entrée.

C'était Rosalia qui revenait des courses mais je crus à Oncle débarquant pour nous inspecter à l'improviste.

J'ai déchiré aussitôt mon griffonnage. Comprenant que je n'aurais pas le temps de le jeter dans la cheminée, craignant qu'il fouille les poches de ma robe, ce que pourtant il n'a pas fait depuis notre mariage, j'ai fourré les morceaux dans ma bouche et me suis étouffée en essayant de les avaler.

Sans doute est-ce un péché de caricaturer les instants de vie que Dieu nous accorde, au lieu de lui en rendre humblement grâce. Les phrases décrivent des faits, citent des paroles sans pouvoir restituer l'odeur, le son de la vie et en donnent une idée fade. Oncle est amour, or il me semble en consultant ma mémoire que sous le glacis de mots il apparaît brutal, injuste, mesquin. La réalité s'aggrave quand on la pétrifie. On dirait même qu'on en porte le deuil. Ce n'est pas la faute de la noirceur de l'encre car j'écris à présent à la craie blanche. Il est vrai que le tableau est noir comme un rectangle d'enfer, car certains disent que là-bas on ressent la brûlure du feu sans bénéficier de sa lumière.

Quand la maisonnée a commencé sa sieste, je n'ai pu résister à la tentation de retirer la couverture. J'ai commencé à écrire prudemment sans me départir de l'éponge. Par précaution, j'avais décidé de ne remplir que la moitié supérieure du tableau car une moitié est promptement effacée. Je devais aussi m'exercer à mémoriser plus vite afin de pouvoir anéantir chaque phrase juste après son apparition.

Je ne suis pas fière de moi.

Au lieu d'écrire, je pourrais supporter, stoïque, le léger écœurement de l'ennui d'être là sans tâche à accomplir dont dépende ma survie. J'utilise trop mon cerveau. À force de mélanger des images, des idées, à force de rêver debout, je commence à douter des vérités les plus simples et je me surprends à me demander s'il s'agit dans mon ventre d'un être vivant, point d'une bosse dont le Ciel m'aurait accablée pour m'humilier.

À minuit, nous avons tiré les enfants du lit pour leur annoncer la naissance de Jésus. Ils se sont rendormis à la salle à manger devant leur tarte aux mirabelles. Nous avons dû les réveiller à plusieurs reprises en leur caressant la joue. Ils grignotaient alors du bout des dents, avalant parfois une gorgée de lait. Avant de se recoucher chacun déposa un soulier devant la cheminée.

Oncle avait autorisé ce qu'il appelait des niaiseries, à condition qu'on ne fasse pas le moindre bruit susceptible de le réveiller.

Au matin ils trouvèrent une orange dans leur soulier.

Un fruit merveilleux qui pousse dans la nuit de Noël. Il faut savoir de sa peau faire un ruban ininterrompu et déployer sa chair avant d'en croquer chaque tranche en fermant les yeux afin de bien la sentir exploser dans sa bouche. Je me demandais si l'enfant percevait cette légère acidité qui achevait de rendre la dégustation délicieuse.

À présent, l'enfant est assez grand pour que ma main puisse le deviner. Il m'arrive de le caresser. On caresse bien des animaux sans être damné pour autant. Mes doigts se posent sur son ventre, son front, chatouillent ses orteils minuscules par-dessus la peau de mon ventre de plus en plus fine et tendue. En jouant de la sorte, je fais sa connaissance et je l'apprivoise. Je ne peux distinguer ses traits mais les aveugles connaissent autant de gens que les autres sans pourtant les avoir jamais vus.

Cet enfant futur est pareil à un bubon qui suce mon sang, pompe ma force, pèse et me déséquilibre à chaque déplacement. Tout cela pour souffrir mille morts en lui donnant le jour. Tout cela pour l'enterrer de mon vivant ou le laisser derrière moi en sachant qu'il le sera de toute façon tôt ou tard après avoir peut-être endossé le costume d'Iblis pendant de longues années et aggravé l'humanité.

Les femmes sont grosses de l'avenir du monde.

Je trace sur le tableau des phrases qui me sont opaques et que veut dire *Iblis* et que veut dire *opaque*. Je suis pareille à ces fous dont s'échappent des bordées de mots incohérents que les sots croient prophétiques.

Pour Johanna, je suis une énigme qu'elle essaie en vain de résoudre. Elle dépose dûment chaque jour le compte rendu de ses suppositions dans la boîte aux lettres du presbytère. Quand je me confesse, l'abbé sait mieux que Dieu même le contenu de mon âme. Je lui répète des fautes qu'il connaît déjà en m'abstenant de lui en avouer certaines dont elle lui a pourtant révélé l'existence. En outre, ce cœur simple détecte des peccadilles qui pareilles à des sédiments s'accumulent autour de mon âme, l'alourdissant jusqu'à ce qu'un jour son poids l'entraîne dans les abysses. C'est je crois pour cette raison qu'il rechigne de nouveau à m'accorder l'absolution.

Je pourrais trouver un nouveau confesseur qui à chaque fois m'absolve.

Même s'il m'est arrivé de le faire par le passé, voici des paroles que je n'ai pas prononcées. Je ne suis pas sûre du reste de les avoir pensées. En tout cas ce fut de façon si fugitive qu'elles n'ont pas laissé en moi le moindre souvenir. Pourtant Johanna a dû en faire part à l'abbé. Il m'a demandé ce matin si je fréquentais une autre église.

— Je vous jure que non.

— Vous pourriez, ma fille, tous les prêtres incarnent Dieu, a-t-il hurlé d'une voix glaçante comme une rafale de vent d'hiver et le printemps et l'été et les villages sans gare reliés au monde par une bande de terre et les soldats à l'horizon comme un mirage et les maisons explosées et le rabbin laisse de ses lèvres entrouvertes s'échapper des prières

frappant des mains en regardant vers le ciel

et on entendra le rire clair d'un enfant qui se taira à la première salve et l'air de l'enfer est dense comme la pierre et je pensai à la bonne femme de neige qu'en face de chez nous des enfants ont construite et coiffée d'un vieux chapeau à plumet.

J'ai dessiné au tableau un combat de lapins pour illustrer un conte que je lisais à Angela. Elle a fait un caprice quand j'ai voulu l'effacer. Il prenait la presque totalité de l'espace, c'est à peine si demeurait en bas une zone vierge où j'aurais pu griffonner une phrase courte en écrivant délicatement de la pointe d'une craie neuve. Le lendemain, elle avait déjà oublié ce dessin et j'aurais pu passer l'éponge. J'ai préféré profiter de l'occasion pour voir combien de temps je tiendrais sans céder à la pulsion d'écrire.

Les jours suivants j'instruisis Aloïs avec le manuel d'apprentissage dont Oncle m'avait permis de faire l'acquisition. Je lui avais demandé à cette occasion si je pouvais aussi initier Angela mais il me l'avait interdit.

— Prends garde qu'elle en sache plus que lui.

Elle est plus maligne. Elle aurait tôt fait de le dépasser. Ce n'est pas bon pour une sœur de se croire à bon droit supérieure à son frère aîné. Elle semble comprendre le monde. Elle regarde par la fenêtre avec un air méditatif qui m'impressionne.

Aujourd'hui, je me suis dit que ma longue abstinence me donnait le droit de recommencer. J'ai calligraphié les premiers mots sur le tableau encore humide désormais vierge de toute trace de lapin. J'éprouve une sensation de liberté entrecoupée d'instants d'inquiétude dès que craque le parquet. Mon cœur s'est emballé quand devant la maison un cheval frappé par son propriétaire a émis un hennissement. Je me suis recroquevillée dans un coin du cabinet de toilette, protégeant ma tête de mes bras.

En écrivant le récit de cet incident la peur me revient.

J'avais entendu le pas du cheval s'éloignant. Je m'étais relevée. J'avais effacé le tableau et l'avais recouvert. J'étais allée écouter à la porte de la chambre de Johanna. Aucun bruit n'était perceptible. Je l'ai ouverte doucement afin de m'assurer qu'elle ne retenait pas son souffle pour mieux revenir m'espionner tout à l'heure. Elle dormait bouche ouverte sur le lit.

Et me revoilà.

Quel plaisir d'écrire ces simples mots. La joie d'avoir évité d'être découverte et de pouvoir recommencer à essayer de deviner. Que Dieu me préserve d'être voyante mais on peut deviner aussi le présent car il recèle des tours et des malices. En ressassant la réalité, l'écriture la dépiaute. Les mots sont des lumières vives, des lampions de couleur, des petits morceaux de nuit scintillants.

Je suis heureuse du fruit de mon ventre. Il partage tout ce qui me passe par la tête. J'existe en deux endroits de mon corps. Il est comme moi équipé d'un cerveau capable de produire des rêves, des pensées rudimentaires qui montent sans discontinuer jusqu'au mien tandis que les miennes descendent jusqu'à lui.

Quand nous mourons, nous nous apercevons peut-être que notre vie n'a été qu'une longue traînée de mots entendus, prononcés, rêvés, tracés à la craie sur un tableau noir.

Johanna a dû soupçonner ma présence pendant son sommeil l'autre jour. Elle pense qu'il y a anguille sous roche et écourte ses siestes. Quand je l'entends rôder dans le couloir, je voile aussitôt le tableau. Lorsqu'elle frappe à la porte, je tarde à répondre le temps de m'étendre sur la courtepointe.

— Qu'est-ce que tu faisais ?
— Je somnolais.
— Souvent, après la sieste il n'y a pas d'empreinte sur ton oreiller.
— Il m'arrive de ne pas avoir envie de dormir.
— Oncle veut que tu te reposes.

Elle se doute de quelque chose même si ses soupçons sont encore flous.

Je viens de prier à genoux dans la chambre pendant que la maisonnée faisait la sieste. Même Rosalia depuis quelque temps étend un maigre matelas au milieu de la cuisine, carottant de la sorte à Oncle une heure de somnolence qu'il lui paiera rubis sur l'ongle.

Une femme grosse porte en son ventre le péché charnel.

Si Dieu veut que nous souffrions lors de la délivrance c'est pour nous punir d'avoir commis cette faute sans laquelle il n'y aurait plus ici-bas d'humains mais un florissant paradis terrestre. Bien qu'ils se livrent au même acte que nous, les animaux ne sont pas luxurieux. Ils ont été créés pour obéir aveuglément à leur instinct – un aiguillon plus impérieux encore que le désir d'Oncle – même si ma mère racontait que dans son enfance elle avait assisté au jugement et à la pendaison d'un âne qui avait d'un coup de sabot précipité son maître du haut d'une falaise.

J'avais en moi la coupable espérance que Johanna entrouvrirait la porte pour voir à quelle activité je me livrais au lieu de dormir et je fus exaucée.

— Ce n'est pas l'heure de prier, dit-elle en sortant légèrement les yeux de ses orbites comme pour mieux exprimer son indignation.

Elle se rapprocha de moi.

— Oncle veut que tu restes allongée la plus grande partie de la journée.

Je n'ai pas bronché.

— Lève-toi, hurla-t-elle de la voix que prendrait un roquet en colère si aux chiens ne manquait la parole.

Elle a attrapé mes épaules. Elle a tenté de me soulever.

— Ce n'est pas chrétien de trop prier quand on n'est pas carmélite.

— Je dois pourtant finir de réciter un jour les trois rosaires que l'abbé m'a infligés naguère.

Elle a quitté la pièce. Sa claudication précipitée sur le plancher du couloir faisait peine à entendre et les monceaux de femmes dépiautées de leurs habits entassées dans des bennes et le fond se soulève et on les décharge comme du gravier et certaines rampent docilement vers la mort et d'autres ne quittent pas le tas de corps épuisés qui frémit à peine et elles ont des regards reconnaissants quand on prend la peine de les soulever pour les amener dans l'antichambre de la chambre à gaz où on a installé un poêle comme pour les empêcher de prendre froid avant d'étouffer et Johanna croit avoir découvert le pot aux roses : elle pense que je me vautre dans la prière et si la dévotion est une faute l'abbé Probst la jugera sans doute bénigne par rapport au blasphème de recopier le réel.

Sa curiosité assouvie, elle ne reviendra pas de sitôt. Je peux écrire tout mon saoul. J'entends Rosalia qui range dans le cellier son maigre matelas. Elle n'aura pas l'audace de s'approcher de ma chambre sans raison de service. Je pourrais informer Oncle de son sommeil indu alors qu'il se montre déjà fort méfiant à son endroit.

Je n'aurais pas dû écrire qu'Oncle se comporterait héroïquement en enfer. Quand bien même voudrait-il par bravoure subir la damnation, sa bonté le ferait refouler par Satan lui-même qui l'obligerait à grimper l'escalier du paradis.

Je ne sais si les mots laissent une trace après qu'on les a effacés.

En regardant le tableau avec des lunettes grossissantes peut-être est-il possible de retrouver leurs spectres superposés au fil des jours. Je dois avoir soin après chaque séance de le frotter avec un chiffon vinaigré pour les dissoudre.

Je ne suis plus qu'un gros œuf empoté dont le poussin en devenir déséquilibre la locomotion. À chaque confession, l'abbé Probst complète ma liste de péchés d'après le compte rendu de Johanna.

— Je reconnais ces fautes, mon Père.

Après cet aveu, il m'absout. Certes, c'est une chance d'être surveillée. Autrement, comment se repentir de fautes qui nous échappent. Mais en mon for intérieur je répugne à charger ma barque de nouveaux péchés et il m'arrive de faire de ma sœur ma dupe.

Alors que la confession fait bouillir les âmes comme des draps conjugaux, pareille à ces vieux linges qui finissent par ne plus pouvoir se défaire de la teinte bistre des corps qu'ils ont trop longtemps côtoyés, la mienne doit manquer d'éclat car l'abbé ne saurait absoudre les péchés que je lui dissimule. Si je mourais demain, il faudrait des milliards d'années de purgatoire pour arriver à lui rendre sa blancheur immaculée.

Il sera temps une semaine avant la délivrance d'abandonner définitivement l'écriture et de tout avouer au Seigneur. Après avoir subi les foudres de l'abbé, je serai enfin sauvée et digne de mettre au monde cet être dont j'espère du fond du cœur qu'Il sera fier un jour d'accueillir au Royaume.

Ce matin, avant de partir Oncle m'a accordé la permission de faire une promenade.
— Il fait si beau, a-t-il dit en montrant le soleil de la pointe de son épée qu'il avait un instant tirée du fourreau.
J'ai refusé à Johanna le droit de m'accompagner.
— Rosalia pourrait garder les enfants en notre absence.
— Je préfère que tu les gardes toi-même.
— Si nous les emmenions avec nous ?
Je suis descendue en tenant la rampe. Arrivée au rez-de-chaussée je me suis retrouvée face à Burgstaller qui sortait par la porte intérieure de l'auberge.
— D'après la forme de votre ventre, ce sera une fille.
— Mon mari espère un garçon.
Il m'a plaquée au mur. J'aurais voulu le repousser. Mes muscles ne répondaient pas davantage à ma volonté que mes cordes vocales paralysées.
— Je la sens sous mes doigts. Ce sera une fille dodue.
Ses mains me pétrissaient, me causaient de la douleur. Il avait emprisonné mon regard et je n'avais plus dans mes yeux que l'image des siens. Il me dépouilla de mon fichu, de l'accumulation de lainages sous lesquels je tentais de dissimuler cette grossesse qui semblait exacerber sa sauvagerie. Il souleva ma robe et je sentis qu'il m'outrageait.
— Cela vous plaît.
Je ne parvenais pas à secouer la tête pour lui dire non.

— Cela vous plaît fort.

Je n'arrivais pas à pousser ce cri bloqué au fond de ma gorge. Il a reculé soudain, suffoquant. J'ai arrangé ma robe et renfilé mes frusques.

Affalé contre le mur, il n'avait pas seulement la force de se rhabiller.

Il geignait. Je suis sortie en hâte dans la rue pour ne plus l'entendre. J'ai marché. J'ai fait le tour de la place de la mairie tête haute sans laisser personne me dévisager. Je me suis éloignée du quartier. J'accélérais l'allure pour que mon corps épuisé s'effondre mort.

Je suis revenue sur mes pas.

Je me suis affaissée en larmes dans la ruelle qui jouxte le flanc de l'auberge. J'ai tendu mon visage vers le ciel pour le prendre à témoin. J'ai pénétré dans la maison, apeurée et penaude.

On venait de nettoyer le carrelage qui était encore humide. Une forte odeur persistait. Le ventre de Burgstaller avait dû déborder. J'ai appris plus tard qu'on l'avait retrouvé sur le carrelage en pleine débâcle. On l'avait ranimé à force de cordial. Je suis remontée doucement chez nous.

— D'où tu viens ? me demanda Johanna sortie en trombe de la chambre des enfants dès qu'elle eut entendu ma clé pénétrer la serrure.

— J'ai fait un tour.

— Tu as le visage rouge.

— C'est le froid.

Elle voulut passer sa main sur ma joue. Je l'en ai empêchée.

— Il y a plus de deux heures que tu es partie.

Je me suis retirée dans le cabinet de toilette. Je me suis savonnée, rincée, séchée et j'ai recommencé à plusieurs reprises. Alors qu'un soir, épuisée, je manquais d'enthousiasme pour me laisser monter, Oncle m'a dit que la semence de l'homme continuait à renforcer le fœtus jusqu'au terme de la grossesse. Le fruit de mes entrailles est peut-être irrémédiablement souillé par un autre que son père.

Je me demandais si l'agression n'avait eu lieu qu'une fois ou était la répétition d'une autre dont un jour le souvenir enfoui remonterait jusqu'à ma conscience. On croit en vain pouvoir nettoyer son cerveau d'une tache de passé. La mémoire permute à son gré les souvenirs et fait de la représentation de notre vie une mosaïque mouvante. J'aurais dû accepter que Johanna m'accompagne car alors Burgstaller n'aurait pas osé.

J'ai pleurniché sur le tapis de la chambre comme une morveuse.

À cause de mon imprudence, Dieu est en droit désormais de me punir en moissonnant l'enfant avant sa naissance. Il le laissera peut-être vivre quelques mois pour que j'aie le temps de m'attacher à lui et que la mortification soit plus grande.

Je viens de me déshabiller devant la coiffeuse. On le voit distinctement. La peau moule les détails de son corps. Un voile de chair masque la preuve de sa virilité mais d'ores et déjà on distingue les traits de son visage de garçonnet.

Écrire des extravagances compense l'indigence de la réalité.

Un coup de chiffon que je secoue par la fenêtre avant de passer l'éponge. Toutes ces bêtises de s'envoler dans le brouillard glacé qui règne ce jour sur Braunau.

Mon ventre est un logis sans porte ni fenêtre. Il sera content de sortir, de voir la lumière, de pouvoir bientôt babiller, marcher à petits pas. Tant pis s'il n'est pas très astucieux ni mignon, je voudrais seulement qu'il soit bon comme Oncle son père. Je me rêve dame âgée attendant la visite d'un fils aimant dont les baisers réchauffent le cœur et puis mourir quand il le faudra en lui tenant la main.

Dieu devrait envoyer directement en enfer les nouveau-nés fautifs avant qu'ils ne poussent leur premier cri. Au cours de la grossesse ils ont eu le temps de se développer suffisamment pour que leur véritable nature apparaisse. Il pourrait même les exécuter à l'intérieur du ventre. Là-dedans, ils ont déjà une âme. Les occasions de pécher, immobiles à l'abri dans une mère, ne doivent pas manquer. Le cerveau est le théâtre de la plupart de nos péchés. Dans la tête du gosse peuvent circuler des rêves gourmands, charnels, concupiscents, des pensées égoïstes, cruelles, blasphématoires. Les songes ne sont pas absous au réveil par un tour de magie. Les idées ont le poids des crimes dont ils seraient la conséquence si on les mettait en œuvre.

Que de phrases bizarres aujourd'hui.

Rien n'en doit subsister. Je vais frotter le tableau avec une brosse en chiendent.

J'ai sorti de sa caisse la layette familiale usée, trouée, raccommodée. Johanna a décidé de la repriser et d'essayer de retrouver la blancheur des langes en les exposant aux rayons de la lune.

Certaines brassières sont noires.

Je les ai tricotées moi-même avec les rataillons de laine d'un gilet que j'avais réalisé pour Oncle. Je me demande aujourd'hui si cette couleur n'a pas été funeste à mes petits. Nés précédemment, ceux de Franziska n'ont jamais porté ces habits porte-malheur. Mes enfants seraient morts de toute façon puisque Dieu le voulait mais j'avais attiré Son attention sur eux en les vêtant de la sorte. Il voit tout et interprète ce qui nous paraît sans importance. Sous chacun de nos gestes se trouve dissimulé un péché en puissance qui cherche la moindre occasion pour exister et dont Il nous châtie parfois avant que nous ne l'ayons commis.

J'ai prié Oncle de m'autoriser à acheter de la laine neuve afin d'enrichir le trousseau. Je pouvais rogner encore sur le budget déjà écorné par le remboursement du tableau, en remplaçant parfois la viande de bœuf et la volaille par de la saucisse. Je demanderais des recettes à la cuisinière de l'auberge afin de la rendre aussi savoureuse qu'une aile de poulet.

— Tu voudrais acheter de la laine de quelle couleur ?

— Bleue, dis-je fièrement, tant j'avais trouvé merveilleuse celle que tricotait Mme Bloch.

Il se mit à rire.

— Et si nous avions une fille ?

— Le docteur Bloch vous a dit que ce serait un garçon.

— Il ne m'a jamais dit une chose pareille.

J'avais dû inventer cette prédiction et la phrase prononcée par Oncle dans laquelle elle était enchâssée.

— Approche-toi, sotte que tu es.

Il a malaxé mon ventre avec vigueur. J'avais sûrement moins mal que l'enfant et moins encore que sous la poigne de Burgstaller.

— Comment savoir ? Il est roulé en boule à la manière d'un chaton.

Il a soupiré.

— Tu n'as qu'à utiliser de la laine de pays.

Il a sorti un billet de sa poche.

— Tu l'achèteras avec. Je n'ai aucune envie de manger tes saucisses de ménage.

— Merci, Oncle.

Il a ouvert le *Wiener Zeitung* et tiré plusieurs bouffées de sa pipe qui menaçait de s'éteindre.

Ce matin en me réveillant, j'ai eu l'impression d'être une tortue posée à l'envers sur sa carapace. Je pus avec difficulté basculer sur le flanc mais j'étais trop douloureuse pour imaginer poser un pied par terre.

— Eh bien, lève-toi, dit Oncle d'une voix odorante d'homme à jeun.

Il avait déjà fait sa toilette et revêtu son uniforme.

— Je ne peux pas, la douleur est trop vive.

— Tu dois certes te reposer mais si tu t'engourdis l'enfant naîtra infirme.

Il m'a déposée sans douceur sur la descente de lit. J'ai poussé un cri, des larmes ont jailli.

— Tu vas effrayer Aloïs et Angela.

J'ai bredouillé des excuses en continuant à pleurer.

— Arrête immédiatement.

Il m'a relevée, m'a assise sur le fauteuil, m'a enfilé mes pantoufles, m'a aidée à revêtir ma robe de chambre, m'a poussée jusqu'à la salle à manger et m'a attablée en soupirant.

— Mâcher, avaler, voilà bien la seule besogne de ta journée. Ton ventre n'est pas assez gros, méfie-toi de ne pas mettre au monde un nain.

— C'est déjà tellement lourd.

— On dirait bien que tu parles d'un fardeau ? N'oublie pas que tu as dans ton ventre une personne qui me devra une bonne moitié de ce qu'il sera.

— J'en suis si heureuse.

Il a écarté un pan de ma robe de chambre, a soulevé haut ma chemise pour coller son oreille sur la peau nue.

— Je n'entends rien. Son cœur doit être aussi petit que sa tête sera grosse et ses jambes courtes comme des pattes de soupière.

Sa phrase s'est terminée par un ricanement.

— Oncle, je vous en prie.

Il a redressé la tête. Je lui ai montré Johanna qui nous regardait. Il a levé son index pour mieux la gourmander.

— Tu n'as jamais vu ta sœur dénudée ?

Elle a émis un petit cri plaintif avant de partir se réfugier dans le fond de l'appartement.

— Quant à toi, prends garde au nain.

Cette fois, il a éclaté de rire. J'ai baissé les yeux. Il a sorti sa montre de son gousset.

— Il est temps.

Il a déposé un baiser sur mon front. Il est parti.

Je ne veux pas d'un nain. Oncle dirait que les trop petits êtres ne sont pas des humains et il m'accuserait de ne pas l'avoir noyé dans mon ventre et accouché mort-né et pour leur éviter le gazage certains seraient étouffés dans leur sommeil par leurs parents honteux de les avoir mis au monde et Oncle jetterait le fruit pourri de mes entrailles à quelque nourrice infecte au sein purulent afin qu'il n'ait aucune chance de survie. Enfanter pareille créature serait plus scélérat encore que d'avoir ajouté mes deux petits morts à sa descendance.

Une femme comme moi ne devrait jamais donner la vie.

Notre famille est pleine de fous.

Des êtres qu'on a enfermés dans des chalets perdus dans la montagne, dans de profondes caves et quand on les entendait crier même s'il était minuit tout le monde faisait semblant de croire que le coq chantait.

Durant toute la semaine, je ne m'étais plus levée que pour les repas et les nécessités du corps. Je passais mes journées recroquevillée. Ce matin, j'ai trouvé le courage de m'habiller. Je suis sortie en douce. J'avais dans la poche une fourchette aux dents aiguisées comme des flèches pour me défendre des attaques de Burgstaller mais il ne s'est pas montré. J'avançais doucement dans la rue enneigée. Mon ventre me précédait comme un navire amiral. L'église m'a paru plus majestueuse que d'ordinaire, ses portes plus hautes.

Agenouillés, un homme et deux femmes attendaient leur tour. Il me semblait voir les péchés avoués par les pénitents s'élever comme de la fumée du confessionnal par une cheminée ménagée dans sa voûte. En prenant place à l'intérieur, je me suis dit qu'en vérité ils devaient éclater comme des bulles de vase à la figure de l'abbé.

— J'ai souhaité la mort, mon Père.

— De qui donc ?

Il ne m'a pas laissé le temps de répondre.

— Vous ne voulez pas quand même pas dire que vous avez souhaité la mort de Dieu ?

Oyant ces paroles terribles, partout dans l'Empire les Christ ont tressailli sur leur croix.

— Parlez, ma fille, dit-il d'une voix ferme et calme comme s'il n'avait prononcé aucun de ces mots.

— J'ai voulu la mort du nain que Dieu a déposé dans mon ventre.
— Quel nain ?
— Mon mari me l'a dit.
— Monsieur votre époux n'est pas un prophète à qui Il fait Ses confidences. Ce sont là des impiétés. Seul le Seigneur peut sonder les ventres et les cœurs.
— Oncle est un juste.
— C'est un impie et encore une fois votre façon de l'appeler ainsi est répugnante.

Pour obtenir l'absolution, je dus renier Oncle en reconnaissant qu'il avait offensé le Ciel par sa prédiction. Je dus aussi jurer de l'appeler désormais par son prénom ou *Monsieur* si je voulais me montrer plus respectueuse envers lui. Je suis sortie du confessionnal en pleurs. Ma tristesse devait ressembler à celle de Judas après qu'il eut renié Jésus.

Dénoncer mon mari à Dieu était pis encore que l'avoir trompé malgré moi avec l'aubergiste. Je serais morte sous la torture plutôt que de lui révéler ces deux ignominies et implorer son pardon plus chaleureux peut-être que la glaciale miséricorde divine.

Sur le parvis, à moitié caché derrière une colonne, s'abritait de la neige le montreur de singe. Cet animal me rappela le nain dont l'abbé n'avait pas formellement reconnu l'impossibilité que j'en sois grosse. S'il naissait, abandonné par Oncle j'en serais peut-être réduite aussi à mendier en l'exhibant comme une bête curieuse dans le but d'attirer la générosité des passants.

Le singe sera épargné si un jour l'homme arrivait là-bas en le portant dans ses bras comme un père son petit et les animaux auront gardé le droit d'exister et on le placera à l'entrée du camp dans le zoo avec les autres bêtes destinées à divertir les bourreaux et son maître devra se dévêtir de ses pauvres habits avant d'être propulsé sur le *chemin du ciel* sous les coups et les cris et les rafales d'insultes proférées dans la langue des gardes ivres d'alcool et de sang et j'ai chuté sur une plaque de verglas que dissimulait une couche de flocons fraîchement tombés.

Je suis rentrée clopin-clopant.

Je me suis couchée. J'étais sûre que le fruit avait été ébranlé. Il me suffisait d'attendre et espérer que Dieu ait la bonté de le faire naître mort.

Je tenais la main de Johanna.

J'avais peur de cette vermine qui allait tomber d'entre mes cuisses. Loin d'être éphémère, elle s'avérerait peut-être assez vivace pour me faire honte jusqu'à la fin de mes jours.

— Il vaudrait mieux aller chercher le docteur Bloch.
— Oncle sera d'accord ?
— Envoie Rosalia.

Deux heures plus tard le docteur était là.
— Que vous arrive-t-il ?

J'ai fait signe à Johanna de nous laisser et de refermer la porte derrière elle.

— Alors, dites-moi ?

J'ai chuchoté à son oreille que je craignais d'attendre un contrefait.

— Quel genre de contrefait ?

Sans attendre ma réponse il souleva le drap et m'ausculta. Un examen minutieux et intime qui me fit sans doute rougir, bien que de là où je me trouvais je ne puisse voir mon reflet dans l'armoire à glace. Il colla son oreille à l'extrémité d'un tube qu'il appliqua sur mon ventre.

— Vous devriez accoucher vers la mi-avril.
— Mais l'enfant ?
— Son cœur bat comme une horloge.
— Nous avons peur que ce soit un nain.

Il éclata d'un grand rire pareil à celui d'Oncle quand il avait proféré sa prédiction, ce qui ne me rassura guère. Il prit mon pouls. On devrait envoyer une mère de ma sorte traverser l'avenir et à son retour elle se précipiterait par la fenêtre pour que le fruit éclate sur le macadam.

— Avez-vous eu des vertiges dans la journée ?
— Peut-être, puisque je suis tombée.
— Vous avez glissé ?
— Oui.

Il a haussé les épaules.

— Tout le monde glisse aujourd'hui. Vous êtes au moins la quatrième personne tombée à terre que je vois depuis ce matin. J'achevais justement de réduire la fracture d'une jambe cassée au moment où votre domestique est venue me chercher.

Il remettait son manteau, quand Oncle rentra. Il l'entraîna dans le vestibule. Il lui parla à voix basse. Sitôt la porte de l'appartement claquée, Oncle bondit dans la chambre et me fixa sévèrement. Des larmes roulèrent sur mes joues.

— Pourquoi es-tu allée raconter à Bloch cette histoire de nain ?
— C'est vous qui me l'aviez dit.
— Et tu m'as cru ?
— Je ne savais pas que je n'aurais pas dû.
— Tu nous as ridiculisés. Il va en parler autour de lui. Les gens nous moqueront jusqu'au fin fond de l'Amérique.

Oncle imaginait qu'il allait ébruiter l'incident pour amuser ses lointains correspondants.

— Il ne donnera pas notre nom.

— Ces gens-là ne sont pas discrets.

— Je demande pardon.

— Dix florins, voilà ce que me coûtera ton imbécillité lorsqu'il enverra sa note. Après ton accouchement, je mettrai Rosalia à pied durant un mois pour récupérer mon argent et tu seras domestique à sa place.

Il m'a interdit de me lever. Il a quitté furieux la pièce.

Johanna m'apporta deux assiettes de soupe.

— Oncle a dit que tu devais les avaler toutes les deux. Tu n'auras rien d'autre d'ici à demain.

Elle souriait, satisfaite que pour une fois des deux sœurs elle ne soit pas la punie.

Elle est revenue chercher les assiettes vides. Il est à peine huit heures et demie. Je dispose d'une bonne heure d'écriture avant qu'Oncle ne vienne se coucher. J'allume le bougeoir du cabinet de toilette. Un rayon de lune persiste sur le tableau. En me plaçant sur le côté, je vois l'épaisseur des lettres. La craie laisse un trait trop grossier pour obtenir une belle écriture. Ce n'est pas un crève-cœur de passer l'éponge.

Rosalia avait entendu dire en allant chercher un cruchon de bière à la taverne que l'archiduc Rodolphe était mort à Mayerling dans son pavillon de chasse d'une attaque à laquelle personne ne croyait. Oncle, pourtant si ponctuel, n'était toujours pas rentré à huit heures. Je craignais qu'il soit en danger lui aussi.

Avec Johanna, nous étions si inquiètes que nous nous sommes mises en prière dans ma chambre, agenouillées, raides dans la pièce obscure. Je crois bien que nous avons fini par nous assoupir. Certaines bêtes dorment debout, rien ne dit que parfois les humains ne puissent sommeiller à genoux.

Nous fûmes réveillées en sursaut par le surgissement d'Oncle. Les paroles qu'il prononça, il les cria trop fort pour que nous puissions les comprendre.

Il bouscula Johanna.

Elle tomba comme une figurine. Il me prit par le bras et m'emmena sans se préoccuper d'elle davantage. Nous aboutîmes à la salle à manger sous la lumière éblouissante de la suspension à gaz. Il m'assit sans ménagement sur une chaise. Il s'installa en face de moi avec la bouteille de schnaps dont il a aussitôt vidé un verre. Il m'a semblé éméché mais c'est un homme sobre qui a toujours refusé de se laisser influencer par quiconque, fût-ce par l'alcool.

— L'archiduc a été assassiné.

La joie étoilait ses yeux. D'après lui, ce n'était que justice car il complotait contre l'empereur son père. S'il lui avait succédé, il aurait cédé l'Autriche-Hongrie à la France. L'Empire serait devenu une colonie française parmi d'autres, mélangée de spécimens d'Afrique noire et d'Algérie. Nous aurions rapidement disparu comme des gouttes de lait dans un chaudron de café. Libéré de l'emprise de ce fils importun, François-Joseph pactiserait avec l'Allemagne pour former un seul pays, même si la douane était maintenue.

— On ne quadrille jamais assez un territoire.

Nous retrouverons notre pureté. La vie aura à nouveau un goût de printemps, de fruit rouge, de pomme acidulée.

Le lendemain matin Oncle me prit les mains et me somma sous la menace de son regard d'oublier tout ce qu'il avait dit la veille. Je ne sais si des mots effacés peuvent être assimilés à un souvenir.

Le montreur de singe est dans notre rue. Je ne peux m'empêcher de lui jeter des coups d'œil par la lucarne du cabinet de toilette. Sa bête n'est pas spectaculaire. Il ne lui a appris aucun tour. Elle grimace à peine. Elle semble soucieuse. Doivent exister des animaux assez intelligents pour se trouver chagrinés de n'être pas des humains. C'est à cause de son faciès douloureux que par pitié certains passants jettent une piécette dans la sébile.

À force d'observer cet animal, mon enfant se modifie peut-être. Plus tard, il aura dans son visage quelque chose de simiesque qui amusera ses condisciples. Les gens ont parfois des yeux de chat, un nez aquilin, un appétit d'oiseau et il ne se trouve personne pour les trouver bestiaux. Mon ventre est une crypte dont le trésor doit rester secret. Interroger son contenu est aussi détestable que percer des trous dans un cercueil pour observer l'évolution d'un cadavre. C'est si gravement pécher d'imaginer l'œuvre de Dieu que ce ne serait pas cruauté de Sa part d'enlaidir l'enfant pour me châtier.

Un châtiment léger.

Si c'est une fille je lui coudrai des robes merveilleuses, la coifferai comme une princesse et à force de fards atténuerai ses traits jusqu'à rendre sa figure assez floue pour que personne ne puisse jurer de sa totale absence de beauté. Un garçon porte sa laideur comme un masque guerrier. Oncle se réjouira de cette virilité qui dès sa naissance resplendira aux yeux de tous.

Je suis imprudente. Je n'écoute plus les bruits en écrivant. Johanna a entrouvert la porte du cabinet de toilette. Je n'ai eu que le temps de me précipiter pour faire barrière de mon corps.

— Qu'est-ce que tu manigances ?
— Je me recoiffe.

Elle a caressé doucement ma chevelure. Elle a immobilisé ses mains sur ma nuque. Comme si ma tresse pouvait parler. En même temps, elle me scrutait avec le même regard inquiet que lorsqu'elle essaie de déchiffrer une recette de cuisine.

— Que fais-tu ?

Elle me poussait à présent. J'ai résisté puis j'ai senti que mes forces m'abandonnaient. J'ai dû devenir blême. Je me suis effondrée. Je me souviens de ses paroles affolées.

— Ne meurs pas quand Oncle n'est pas là.

Elle est allée chercher Rosalia. Je suis revenue à moi sur le lit. La porte du cabinet de toilette demeurait entrouverte.

— J'ai chaud, murmurai-je.
— Il fait froid.

Johanna portait un châle par-dessus sa robe de laine et son gilet.

— Ouvre la fenêtre.
— Bien sûr que non.
— S'il te plaît, j'étouffe.

Elle finit par obtempérer. Le vent apportait des flocons qui fondaient après avoir un instant voleté dans la pièce comme des papillons blancs. L'air glacé me faisait du bien. J'ai voulu me lever. Elle m'a retenue.

— Johanna, je dois aller là-bas.

Elle m'a soutenue jusqu'aux lieux. Je suis revenue toute seule à pas menus. Je gardais une main sur mon ventre comme si j'avais peur de le voir rouler devant moi pareil à une grosse boule mal arrimée, de l'autre je me tenais au mur. Je me suis étendue épuisée sur le tapis du vestibule. Le poids du fruit me plaquait au sol.

— Il ne faudrait pas qu'Oncle te trouve là.

Je me suis laissé traîner comme un sac jusqu'à l'entrée de la chambre. Alors, je me suis levée. J'ai marché jusqu'au lit. Elle m'a aidée à m'installer. Je n'en pouvais plus de porter ce ventre. J'aurais voulu le renvoyer à Dieu comme un paquet. Elle passa la main sur mon front.

— C'est vrai que tu es chaude.

Le fruit brûlait dans un enfer exigu dont j'étais la coquille. Du ventre des femmes qui ont bravé Dieu, Satan fait son foyer et porte à ébullition le liquide dans lequel barbote son descendant. Marie a porté un enfant de Dieu sans qu'il lui doive la moindre miette de son être. Au lieu du Christ, je porte un enfant du Diable.

— Oncle dit que l'enfer n'existe pas.

Quant à l'abbé, il me tancerait d'oser me croire porteuse de l'enfant d'un ange, fût-il déchu et locataire des abysses.

Je me suis assoupie.

À mon réveil, je frissonnais.

La nuit était tombée. Aucune lueur dans la chambre. J'entendais les grelots des chevaux qui tiraient silencieusement les voitures dans la neige.

Oncle rentra.

Je perçus le bruit de sa voix et de celle de Johanna. J'avais l'impression de deux bâtons qui s'entrecroisaient. Je n'avais pas envie de comprendre les mots dont ils se servaient. Je me suis rendormie. Je me suis réveillée au milieu de la nuit. J'ai allumé la bougie.

J'ai mis beaucoup de temps à quitter le lit.

Il est trop haut. J'ai rampé jusqu'au cabinet de toilette. Je me suis soulagée dans le pot à couvercle dont d'ordinaire l'usage est réservé à Oncle. Je suis revenue lentement. Je n'en pouvais plus d'être emprisonnée dans cette énorme femme que j'étais devenue. J'aurais voulu changer de cachot. Devenir une mère de famille hilare poursuivant sa progéniture sur une pelouse ensoleillée. Un drôle en culottes courtes, une drôlesse en jupette et moi de ne jamais les rattraper pour le plaisir de les courser à l'infini dans l'air tiède.

Si j'accouchais d'une nichée d'anges, me pousseraient des ailes pour pouvoir les rejoindre quand ils joueraient la fille de l'air.

Je suis rétablie aujourd'hui. Je n'ai plus en tête ces pensées absurdes. Tout au long du jour, je m'occupe à manger d'importance afin de grossir encore. J'ai envie de sortir, de serpenter les rues, de voir les passants, les façades. Apercevoir des gens assis dans leur salon et ceux qui se déplacent d'une pièce à l'autre. Silhouettes monochromes mal éclairées par les fenêtres pompant la lumière grise du ciel d'hiver exténué.

J'ai grimpé lentement sur le lit. Bientôt je serai délivrée, les pensées du fruit ne monteront plus jusqu'à moi. Le baptême l'apaisera, effacera les idées qui l'ont infecté. La Sainte Trinité tout entière m'aidera à l'élever : Oncle saura le corriger s'il s'écarte du droit chemin. Son ange gardien veillera sur lui. Je ne le connais pas encore mais un jour je le rencontrerai. Il est bon qu'une mère congratule cet oiseau de Dieu qui accompagnera son enfant toute sa vie durant et le chœur des oies parquées aux alentours de l'enceinte et les prisonniers chargés de les effrayer à l'instant où un nouveau convoi se profile et sous le nuage de plumes virevoltant dans le blizzard

ils rampent pour dévorer le pain mouillé dont on les nourrit

et le caquetage désespéré des volailles couvrira les plaintes et les hurlements et les déflagrations et la fumée brouille le ciel et les wagons sauvagement vidés et au moment du martyre le démarrage des moteurs de tank et les gaz d'échappement sortant de tous les pores du blockhaus dont on vient de claquer les portes et la fumée des crématoires et les kapos et les gardes et les SS s'endorment dans des draps puant l'humain grillé

et le bruissement des exterminés et la dignité des hommes et tout l'amour du monde et l'amour de toi de nous de l'univers et la dignité des guerriers sur les champs de bataille et les prières prononcées au Tibet en Océanie au fin fond de l'Afrique dans la pénombre des prisons l'obscurité des cachots des mines de charbon de fer de cuivre de diamant et la dignité et l'amour et des psalmodies nocturnes s'élèvent des monastères qui dans toute l'Europe se tiennent par la main et la dignité et l'amour comme les deux baguettes d'un tambour à la peau crevée et je vois le soleil à travers les carreaux se démener pour crever les nuages. La lumière est précieuse, le soleil est un joyau du ciel.

Joyau est un mot lumineux et gai.

Les phrases que je trace pour le seul plaisir de faire crisser la craie sur le bois deviennent des pensées encombrantes dont je n'aurais jamais eu la moindre idée si je m'étais abstenue. Il n'est pas besoin de réfléchir à l'excès pour suivre le chemin de sa vie. Quand on mésuse de la réflexion mieux vaut imposer silence à son esprit comme à une mauvaise commère. Je devrais n'utiliser les mots que pour répondre aux questions d'Oncle, chaperonner Johanna et donner des ordres à Rosalia. Je m'en servirais aussi pour la confession, passer commande chez les commerçants et lire des contes à Aloïs et Angela.

Avoir sa langue dans sa poche n'est pas une vaine boutade.

Il faudrait la serrer dans un coffret à double serrure et n'en chausser sa bouche qu'à la dernière extrémité. On peut approuver d'un hochement, dire non pareillement, hausser légèrement les épaules pour exprimer son indifférence, plisser les paupières en signe de réprobation et former un grand sourire pour assurer autrui de sa bienveillance. Hélas, le problème est plus profond. Nous nous passons fort bien de langue pour discourir, cancaner, penser, pécher dans notre crâne dont rien ne saurait nous interdire l'accès puisque nous sommes tassés dedans.

J'ai ordonné à Rosalia d'abandonner son travail pour m'accompagner à l'église. Le Ciel m'a donné la force d'arriver là-bas. Je me suis prosternée devant l'autel. J'ai voué mon fruit à Dieu. Je le donne par avance à un monastère, un couvent, selon le sexe qu'Il voudra bien lui attribuer. Une vie de claustration loin du monde ne sera pas trop pour moucher son âme car je l'ai mal porté. Trop de rêves, d'angoisses, de vanité dont bien avant de naître il aura été le prétexte, sans compter la profanation de Burgstaller.
L'enfance l'aggravera peut-être.
Bien avant l'âge adulte, il sera préférable de l'isoler du reste des gens ordinaires, d'entraver sa liberté de crainte qu'en usant d'elle il ne se damne. Je le livrerai à un de ces cloîtres qui séquestrent à jamais les filles et les garçons perdus que les familles leur confient. J'ai promis, j'ai juré, j'ai passé un pacte avec Dieu.

Nous sommes le surlendemain. Mon fruit était à peine offert à Dieu qu'un de ses représentants m'a maudite. Cette fois, c'était Johanna qui m'avait servi de béquille pour aller jusqu'à l'église. Elle m'avait aidée à m'agenouiller dans le confessionnal. L'abbé a attendu qu'elle ait regagné le banc pour me jeter l'anathème.

— Allez-vous-en, murmura-t-il.

Trois mots qui s'écoulèrent de sa bouche comme une lente coulée de lave.

— Pourquoi, mon Père ?

Il s'est extrait de la boîte afin de m'en arracher.

— Disparaissez hors du regard de Dieu.

Il m'a propulsée au loin dans la nef. Je suis sortie de l'église ahurie, abandonnant Johanna qu'il avait attrapée par l'épaule et fourrée dans le confessionnal à ma place. Je marchais à pas minuscules sur l'esplanade tant j'étais lourde de cet enfant. Un mendiant a abandonné quelques instants sa sébile pour me demander si je me portais bien. Je lui ai donné la monnaie que j'avais au fond d'une poche. Il a pris l'argent sans mot dire et s'en est retourné d'où il était venu.

J'ai pris la direction de la maison.

J'ai dû faire plusieurs haltes, pourtant la route n'est pas longue. Je m'appuyais contre une façade. Je reprenais la marche. L'air me manquait. Je m'immobilisais soudain. Je n'avais plus envie d'avancer. Je résistais au désir de me laisser tomber tête la première dans la neige. On dit qu'il ne faut que quelques minutes pour perdre connaissance dans le froid et quelques autres pour mourir.

Il est quatre heures, la nuit tombe déjà.

J'écris dans la demi-obscurité. Ma main projette des ombres sur le mur. Je les contemple pendant qu'elle continue à tracer sans moi, tout en effaçant de l'autre main qui ne lâche jamais l'éponge.

J'ai été malade. Oncle m'a tancée d'être sortie et d'exposer maintenant son enfant à la fièvre, à la toux et aux éternuements qui provoquent à chaque fois l'effet d'un véritable tremblement de terre dans l'antre où recroquevillé il attend de venir au monde.

Je suis restée couchée trois jours. Il me semblait être une criminelle. Une tortionnaire en tout cas. Je mordais le drap quand je me sentais sur le point de tousser. J'implorais la pitié du Christ après chaque éternuement.

J'efface les phrases avant de les avoir écrites.

Peut-être à mon insu montent-elles de l'enfer. Il serait blasphématoire d'oser imaginer qu'elles puissent tomber du Ciel. Je voudrais ne plus me souvenir de la forme des lettres. Je voudrais que les mots me manquent. Je voudrais redevenir analphabète. Analphabète comme une fontaine, un caillou, une fleur.

Mon cerveau fabrique d'affligeantes pensées. La tristesse excessive est un péché comme l'est aussi la joie quand celui qu'elle habite trop exulte.

Ce matin me sentant mieux, je me suis employée à faire parler Johanna tandis qu'elle m'aidait à nouer mes cheveux fraîchement brossés et les coiffeurs achèvent de trancher les nattes des fillettes avant qu'on ne referme les portes et elles seront lavées et elles seront peignées et elles seront filées et seront tissées des chaussettes pour préserver du froid les pieds des gardiens et des soldats et des mécaniciens du convoi qui les ont amenées sur les lieux du trépas et des mots naissent des histoires épouvantables et le langage m'a contaminée, à moins qu'il ne s'agisse d'un envoûtement.

En tout cas, Johanna a reconnu être à l'origine de la fureur de l'abbé. Elle m'a accusée d'invoquer Satan. Un griffonnage maladroit dont comme à l'accoutumée il lui réclama de vive voix éclaircissements et commentaires.

— Une nuit elle s'est levée et je l'ai entendue murmurer *Satan, Satan* dans le couloir. Alors il est apparu dans ma chambre sans fourche, sans ailes, avec juste sa longue queue enroulée autour de sa taille comme un serpent qui cachait.

— Qui cachait ? avait demandé l'abbé.

— Qui cachait, mon Père, qui cachait. C'était la première fois que le Diable venait chez nous. Je l'ai chassé d'un signe de croix. Il a disparu sans fumée, sans étincelle, si bien qu'on aurait pu croire qu'il n'était jamais apparu. Puis je me suis levée, j'ai entrouvert la porte et je l'ai vu sur le dos de Klara qui arpentait le couloir en riant. Il avait ses bras autour de son cou et il faisait du bruit comme quand Oncle la saillit.

— Je ne crois pas à ces apparitions, murmura l'abbé en tremblant malgré tout.

— Des apparitions par milliers qui courent depuis dans toute la maison, renchérit Johanna.

— Vous racontez des sottises.

— N'empêche que depuis plusieurs semaines elle dit *Satan, Satan, Satan, Satan, Satan* et elle lui écrit des lettres avec un petit crucifix trempé dans l'encre qu'elle lui envoie en enfer par le trou des lieux.

— Dit-elle si souvent *Satan* ?

— Très souvent, mon père. Quand Oncle n'est pas là elle crie son nom, quand il est là elle le grommelle, quand tout dort elle le miaule dans ses rêves comme une chatte chaude.

Il a serré sa tête entre ses mains, cherchant peut-être un contact avec un saint pour savoir le vrai. En définitive, il décida que, malgré ces invraisemblables apparitions et ces incroyables lettres, Johanna ne mentait pas sur le fond de l'affaire.

— Je vous remercie ma fille, d'avoir eu le courage de livrer votre sœur. Face à la loi de Dieu, l'amour, l'amitié et les liens de famille n'ont pas cours. Je vous prie de noter scrupuleusement à l'avenir le nombre de fois où elle prononcera le nom du Diable. Désormais, ne lui sera plus accordé aucun sacrement. Quand nous aurons accumulé assez d'éléments, je demanderai à Monseigneur de l'excommunier.

Je l'ai giflée plusieurs fois. Assez fort pour faire jaillir des larmes.

— J'ai menti, glapit-elle de sa bouche tordue de laide.

Elle a voulu m'embrasser pour que je la console. Je l'ai repoussée.

— Tu vas avouer au Père que tu as inventé cette histoire.

— Et s'il ne me croit pas ? Je peux mentir en lui disant que j'ai menti, surtout si je suis une menteuse.

— Tu vas aller à l'église te dénoncer.

Elle s'est recroquevillée. Elle a roulé sur le plancher. Elle grinçait des dents. Je l'ai enfermée à clé dans la pièce. Les enfants chahutaient, leurs cris couvraient ceux de Johanna qui à présent en poussait à pleine gorge. Je suis allée à la cuisine.

— Madame, que faites-vous en chemise ? m'a demandé, affolée, Rosalia.

Elle a jeté sur mes épaules son vieux manteau en peau de rat.

— Vous allez attraper le mal de la mort.

Je me suis assise devant la table. Il y avait des carottes sur une feuille de journal. J'ai entrepris de les gratter. Rosalia les a jetées dans la casserole avec d'autres légumes. Je suis retournée voir Johanna. Elle était assise hagarde sur le sol. J'ai pris sa main glacée dans la mienne.

— Tu diras à l'abbé que tu as menti ?

Elle m'a regardée avec un sourire d'idiote.

— Il dira que le Diable me fait croire que je n'ai pas dit le vrai.

J'ai eu beau la menacer, la supplier, elle a gardé le silence. Elle a même plaqué ses deux mains sur sa bouche, comme pour faire barrage aux mots qui auraient pu de leur propre chef vouloir s'échapper.

— Je le dirai à Oncle.

Quand il est arrivé, j'ai mis ma menace à exécution.

— J'en ai assez de vos bondieuseries. Je vais vous interdire à toutes les deux d'aller à l'église. Dieu se passe très bien de vos prières. Et puis, enlève-moi ce manteau de pauvresse.

J'ai obtempéré.

Nous sommes entrés tous deux dans le cabinet de toilette où Johanna était toujours claquemurée. J'ai enfilé ma robe de chambre tandis qu'il lui tirait l'oreille.

— Alors, Johanna ?

Elle a dessiné avec son pouce une croix sur sa bouche crispée.

— Répète donc à Oncle ce que tu as dit à l'abbé Probst.

Je regrettais que l'enfant ne puisse sortir un instant du ventre comme le coucou d'une pendule et hurler sa rage avec moi.

— Je n'ai rien dit.

Oncle l'a soulevée à bout de bras puis l'a lâchée soudain sur le parquet. Elle s'est relevée en tremblant et elle a avoué.

— J'ai menti. J'ai menti. J'ai menti.

Il l'a réprimandée.

Oncle redoutait que ce ragot fasse le tour de la ville. Il m'ordonna d'aller dès le lendemain à l'église avec Johanna.

— Tu t'appuieras sur son épaule. La délivrance approche, pas d'imprudence.

L'abbé Probst accepta de croire Johanna s'accusant d'avoir menti, comme quelques jours plus tôt il l'avait crue quand elle l'avait mystifié. Il déclara qu'elle avait sans doute un esprit trop simple pour être accessible au péché.

— Dieu le sait.

Il lui tapota doucement la joue lui demandant de continuer sa tâche malgré tout.

— Quelle tâche ? demandai-je sottement.

J'ai aussitôt rougi en me souvenant que son travail consistait en ma surveillance, tandis que sans me répondre l'abbé me poussait dans le confessionnal. J'obtins l'absolution. J'étais heureuse. Je voulais aller visiter le grand bazar, acheter trois chapeaux chez la modiste, crier ma joie aux rares oiseaux qui traversaient le ciel gris.

Oncle nous avait ordonné de rentrer directement à la maison.

Du reste, au bout de quelques pas j'étais si épuisée que Johanna a été contrainte de me porter sur son dos comme dans son mensonge je portais Satan.

Hier soir Oncle a touché mon ventre en souriant.

— Brave petit militaire.

Johanna a parlé pour la première fois depuis ses aveux au prêtre.

— C'est une fille.

Oncle lui a répondu sans même élever la voix.

— Une fille bien constituée ne déshonore pas une fratrie. Si elle naissait, on l'appellerait Ada.

J'étais contente qu'il envisage mon échec à lui donner un petit homme propageant son nom dans tout l'Empire, sans comme l'autre fois infliger à la friponne un prénom de pauvre fille destinée à servir.

— C'est très joli, Ada.

— On dit que les Ada sont riches.

Johanna a marmotté si bas que je ne sus quoi. Oncle s'est levé de son fauteuil. Il est allé choisir une autre pipe au râtelier. Il l'a bourrée, en a tiré plusieurs bouffées avant de revenir s'asseoir. Il m'a pris la main.

— Si c'est un garçon, il s'appellera Gustav.

Il remplacerait son frère sans coup férir. L'aîné avait tellement peu vécu que son cadet pourrait passer pour lui. J'ai osé braver Oncle pour la première fois de ma vie.

— On ne remplacera pas Gustav.

Il n'insista pas. Il ferma les yeux quelques instants. Les rouvrant, il prononça un prénom dont à présent les lettres tombent l'une après l'autre du tableau sans permettre au mot d'apparaître.

— C'est un prénom noble, guerrier, un nom de loup. S'il ne devient pas soldat, il sera comme moi fonctionnaire. Nous sommes une armée aussi. Sans nous, il n'y aurait pas d'État. De toute façon, après avoir servi dix ans dans l'armée impériale il nous rejoindra. Je serai peut-être encore vivant en ce temps-là. Nous poserons, digne père et noble fils, devant l'objectif du photographe, dans nos uniformes de l'administration qu'il sera encore plus fier de porter que celui d'officier, à présent soigneusement rangé dans une caisse en bois de cèdre dont l'essence le préservera à jamais des mites.

Il tira plusieurs bouffées en fixant le plafond.

— Un militaire est un fonctionnaire aussi.

Oncle se rengorgea avec délice comme un rossignol baigné de soleil.

— Il sera le troisième mâle portant ce nom de toute l'histoire de l'humanité. Si tu ne me fais qu'une fille, malgré tout nos quatre prénoms commenceront par la première lettre de l'alphabet. C'est un signe du destin. Avec les années notre nom finira par se répandre comme une traînée de poudre.

Il se tut pour s'accorder le temps de rire.

— Nous nous reproduirons plus vite que les microbes eux-mêmes. Mon sang sera battu un jour par plus de cent mille cœurs de Braunau am Inn jusqu'à Vienne, Varsovie, Lublin, Cracovie.

J'essayais d'imaginer autant de cœurs, autant de corps pour les loger, autant de têtes remplies de passé, de pensées, de rêves, de projets et tous ces visages sous la peau desquels quelques globules du sang d'Oncle vogueront.

— Tu n'es pas fatiguée ? me demanda-t-il d'une voix bizarrement douce qui me fit peur.

— Je me sens tellement mieux depuis une quinzaine de jours. Mon ventre s'alourdit. Pourtant je suis plus forte, alors il me semble plus léger. Je vous le jure.

— Plus forte ? Avec ta façon de marcher tête en arrière, on a l'impression que tu vas tomber à la renverse.

Johanna s'est mise à rire. Oncle a levé son index et elle s'est tue.

— Maintenant, retirez-vous toutes les deux que je puisse lire mon journal tranquillement.

Nous avons obéi.

En réalité, Johanna est habitée par deux anges dont l'un, sans être à proprement parler un démon, a les ailes grises comme la neige sale. Depuis sa naissance, ils se volent dans les plumes. Elle obéit au vainqueur comme un peuple au général qui vient de réussir un coup d'État. Ce sont deux anges malgré tout, même si l'un n'est pas net.

La pousser à mentir pour mieux m'accabler est peut-être une stratégie de Dieu.

Il préfère l'empêcher de révéler ma manie d'écrire pour mieux me laisser libre de me fourvoyer davantage.

— Pourquoi tu me regardes ? demanda-t-elle.

Je n'avais pas le cœur ce soir-là de la soumettre à un interrogatoire vigoureux. Elle me tourmentait pour mon salut et celui du pécheur que je portais en moi et je suis grosse du prochain siècle et un coup de scalpel du docteur Bloch sauverait son peuple et il veille sur cet enfant comme s'il était le Messie que les siens attendent depuis deux mille ans et tout est grossesse et à chaque instant les humains accouchent de demain et ils jettent un regard vitreux à la catastrophe dont ils viennent de mettre un fragment au monde et ils espèrent n'être plus quand elle surviendra et le présent ne peut plus rien

et le passé ne savait pas

et vogue l'humanité sur l'éternel radeau fabriqué de bric et de broc avec les planches de l'arche de Noé et on n'expie jamais assez de vivre et d'avoir vécu et même simplement de nourrir le projet de naître et la joie d'exister et l'ivresse de multiplier la vie et cet enfant qui m'aimera et fera mon bonheur et qui à peine sorti de l'enfance versera d'un seul coup sur ma tombe toutes les larmes de son corps et il n'en aura plus pour pleurer le monde et nettoyer son âme sanglante et laver les pieds de ses victimes avec des sanglots et j'ai embrassé Johanna sur le front et elle a rougi et elle est partie en courant s'enfermer dans sa chambre et j'ai senti mes lèvres former un sourire et je me suis demandé si ce n'était pas l'enfant qui du fond de mon ventre l'avait propulsé pour montrer au Ciel notre confiance et notre amour.

J'ai lessivé le tableau à l'eau bouillante. Je l'ai frotté à la paille de fer comme un fond de casserole brûlé. La peinture s'est écaillée. J'ai envoyé Rosalia au grand bazar acheter du papier de verre et de quoi peindre. Je l'ai poncé jusqu'au bois brut. J'ai passé trois couches de peinture noire. J'ai écrasé des boules de naphtaline sous le lit, l'armoire, la coiffeuse afin d'en atténuer l'odeur. Je l'ai approché de la cheminée de la chambre pour accélérer le séchage. Je l'ai replacé dans le cabinet de toilette. J'ai répandu de la naphtaline réduite en poudre sur le tapis, j'en ai frotté les rideaux et les sièges.

— C'est une puanteur, déplora Oncle en reniflant. Je n'ai pourtant jamais vu chez nous la moindre mite.

— Elles avaient creusé un repaire dans un vieux lainage. J'ai été obligée de le rouler dans un journal et j'ai obligé Johanna à aller le jeter dans le fleuve comme un nid de frelons.

— Encore une de tes lubies de femme grosse.

— Il faudrait peut-être acheter une armoire à linge en bois de cèdre ?

— Tant que je le porterai, ces sales bêtes respecteront mon uniforme.

Il soupira. Nous dînâmes.

Assise au fond de ma tête, je suis le cocher minuscule aux rênes de nerf et de muscle qui pilote ce véhicule humain dont l'enfant est un voyageur vautré dans le ventre obscur comme l'habitacle d'un fiacre dont on aurait tiré les rideaux. La bête ne peut plus trotter, elle clopine sans que tirer sur le mors la sorte de sa léthargie.

J'ai du mal à mettre de l'ordre dans cette cervelle.

Tout caracole là-dedans. Je n'ai jamais vu un tel troupeau de pensées. Elles m'emportent l'une après l'autre, quand elles ne galopent pas vers les quatre points cardinaux comme des chevaux cravachés par le bourreau pour écarteler un condamné.

Par endroits la peinture est encore tendre. Les coups de craie trop acerbes en arrachent des lambeaux. Le fantôme de certaines phrases demeure après que je les ai soigneusement effacées. Des spectres fort lisibles dont même l'éponge savonnée ne vient pas à bout. Mieux vaudrait gratter de nouveau le tableau, le repeindre une dernière fois et ne plus m'en servir que pour l'éducation d'Aloïs.

Je ne veux pas que mes pensées réapparaissent.

Certains mots ont pénétré le bois et vont remonter comme des noyés. Je me demande s'il n'a pas bu au fur et à mesure tout le langage dont je l'ai recouvert. Certes, c'est impossible mais la résurrection de la chair l'est aussi et pourtant rien n'est plus indubitable.

Même si je manie prestement le chiffon, Dieu a le temps de déchiffrer mes phrases. Il pourrait même décider un jour de donner l'ordre à mes ratiocinations d'apparaître depuis le premier mot tracé sur le cahier aujourd'hui brûlé et Oncle lirait et Oncle saurait et il serait en droit de m'obliger à les ravaler l'une après l'autre jusqu'à m'empoisonner comme un rat.

Les phrases divaguent et c'est bien la preuve qu'en écrivant je me livre à une diablerie.

Je reste assise devant la coiffeuse à me regarder. Je contiens Ada ou son frère. Les filles sont plus douces, plus faciles à élever même s'il faut surveiller leurs mœurs. Un garçon peut devenir tout autant la gloire que la honte de sa mère. Je crois pourtant que de la honte, je n'en éprouverai jamais envers lui quoi qu'il arrive. Les mères des assassins doivent être fières de leur fils quand il monte bravement à l'échafaud. Elles n'ont pas le droit de fléchir au dernier moment alors qu'elles l'ont si longtemps porté, nourri, cajolé, aimé malgré les bêtises dont peuvent se rendre coupables les garçons depuis leur jeune âge. Je suis déjà si fière de lui qu'il me semble, avec le soir qui tombe, distinguer comme une lueur sous ma robe. Ce serait merveilleux si pareil à une chapelle où brûleraient des brassées de cierges, mon ventre s'illuminait soudain.

Tous les petits dont peut être grosse une femme ne méritent pas le statut d'humain. Il existe des personnes avec qui nous partageons à l'occasion un banc dans un jardin public, auquel ce titre ne va pas mieux que celui de cheval à un mulet. Cependant, mules et mulets ont l'avantage de ne pouvoir se reproduire.

Si le frère d'Ada existait à sa place et se conduisait en fripon, l'engendrement de mâles en abondance rédimerait la famille. Il est normal qu'une descendance comporte son lot de ratés mais il faut qu'elle croisse pour exister. Quand ceux qui porteront notre nom se compteront par millions, nombre seront bêtes, certains vivront de charité, certains voleront, tueront mais plus croîtra la cohorte, plus les chances seront grandes de compter parmi eux des savants, des ministres. Surtout si leurs géniteurs ont épousé des filles appartenant au peuple de Bloch dont pour nous régénérer il serait si bon un jour de mêler d'un peu de leur sang le nôtre.

Il serait profitable qu'en nous ce peuple disparaisse et nous autres en lui-même.

Il faudrait nous mélanger par le mariage. Nous serions peu à peu sublimés. Quant à eux au fil des générations ils disparaîtraient à jamais. Le sang du Peuple élu serait distribué en parts égales à toute l'humanité. Un peuple disparu comme par miracle pour qui personne ne versera la moindre larme puisque nul n'aura été tué, blessé, lésé en aucune manière. Nos sangs hybrides dont on ne pourra jusqu'à la fin des temps démêler le tien du mien.

Ils ne seront plus coupables d'avoir tué Jésus. Ils ne seront plus. Tous ces textes qu'ils sont les seuls à comprendre et dont ils tirent un pouvoir seront désormais lettres mortes, aussi indéchiffrables que les cendres de mon cahier. Ils ne seront plus là pour étendre leur toile, couvrir la terre de leurs filaments. Leur mémoire ne sera ni honorée ni honnie, ils laisseront derrière eux l'oubli.

Lors de la délivrance de chaque femme, un nouvel être gorgé de sang surgit. Un ruisselet qui rejoint un ruisseau qui se jette dans une rivière qui tombe dans un fleuve et ne tarde pas à atteindre l'océan. Sangs mêlés, brassés, bouillonnants, régénérés, riches et sains comme celui qui circulait dans les corps d'Adam et Ève avant qu'elle n'ait goûté au fruit défendu et ne lègue de proche en proche la tache originelle au fruit de mes entrailles.

La pensée est dangereuse, c'est un lent poison.

Réfléchir, c'est ne pas aimer le monde. Ils sont criminels ceux qui au lieu de se contenter de la réalité qui sert de décor à leur vie, en complotent une autre.

Pâques approchait en même temps que l'époque de ma délivrance. Je redoutais qu'il naisse le vendredi saint. L'agonie et la mort du Christ sur la croix lui porteraient malheur. Dieu prendrait prétexte de ce hasard pour semer sa vie d'embûches. Je rêvais d'une naissance le dimanche, à l'instant même où Il sort du tombeau dans Sa lumière et Sa gloire. On ne sait rien de l'heure du prodige mais pour moi ce serait celle où l'enfant pousserait son premier cri à la face du monde.

Aloïs apprend difficilement à tracer des lettres, à lire des mots fort courts et de toute façon quelques jours plus tard il a tout oublié. Ce matin, je l'ai dispensé de leçon. Pour sa sœur et lui, j'ai dessiné des oiseaux sur le tableau. Comme ils semblaient trouver mes volatiles ennuyeux, j'ai entrepris de dessiner François-Joseph. Il se ressemblait avec son menton lisse et sa grosse moustache. Les enfants ont ri.

— Allons, du respect, c'est l'empereur.

Ils se sont levés tout penauds. Ils sont demeurés immobiles, bras le long du corps. J'ai craint qu'ils ne rapportent cet incident à Johanna. Elle ferait son rapport à Oncle. Je ne parviendrais pas à le convaincre de l'innocence de mon intention. J'ai effacé ce dessin qui aurait pu passer pour une caricature. J'avais appuyé fortement la craie en m'appliquant, il fallut nettoyer à grande eau pour en venir à bout.

François-Joseph transparaît encore sous mes phrases à la manière de la figure filigranée d'un billet de banque. En tant que fonctionnaire, s'il savait, Oncle aurait le devoir de signaler mon comportement. On me laisserait en paix le temps de la délivrance mais ensuite je serais interrogée.
— Pourquoi vous en prendre à l'empereur ?
Je ne saurais que répondre. Il me faudrait inventer pour ne pas imposer un silence insolent aux enquêteurs et périr noyée dans la baignoire remplie d'immondices et les rares héros et les camarades donnés et la honte dure la vie entière et pas le courage non plus de se tirer une balle salvatrice si on n'a pas eu la chance d'être à l'aube exécuté dos au mur et les adolescents inconscients du danger qui subissent le sort des adultes et les gens ordinaires détournent les yeux des têtes enflées derrière les fenestrons des fourgonnettes et dénoncent à l'occasion leur voisin pour prendre sa place et les appartements vides après la guerre et leurs habitants de cendre qu'on enterrera avec les honneurs au pied du Mémorial

et les cendres s'en foutent

et elles préféreraient enterrer vivants les délateurs et les interrogateurs et les autres détritus tendrement condamnés à des peines pareilles à des ricanements à la gueule des martyrs et je me souviens et tu te souviens et nous commémorons et œil pour œil dent pour dent et la vengeance est belle comme un coucher de soleil sanglant *et Lacrimosa dies illa* et cetera et cetera frères indulgents et dans l'au-delà les morts nous attendent pour nous massacrer, et poncer et repeindre le tableau n'aura servi à rien. François-Joseph s'estompe au profit d'une phrase que j'ai écrite il y a plusieurs mois. J'ai beau frotter, elle ne disparaît que pour laisser place à d'autres renouvelées à leur tour par des consœurs. On dirait que peu à peu le bois a été colonisé par les lettres et qu'elles l'ont remplacé.

Je dois éviter de perdre la raison.

Je dois me convaincre que les phrases réapparues sont tombées d'une étagère de la partie la plus obscure de ma mémoire. Je les ai projetées avec mes pupilles comme par l'entremise d'une lanterne magique sur un mur des images peintes sur une plaque de verre.

Les mots réapparaissent comme des vaisseaux fantômes.

Ils profiteront de la nuit pour envahir la maison. Oncle me demandera pourquoi j'ai développé cette manie de ne pas me borner à endurer la vie. Pourquoi ne peut-on pas effacer les dessins et les mots avant de les avoir tracés, avant même que l'idée ne vous ait traversé l'esprit.

J'ai pris la hachette que Rosalia utilise pour fendre les bûches.

Le tableau était mince, ce fut facile de le débiter en morceaux assez réduits, comme avant lui le cahier, pour pouvoir le brûler dans le poêle du salon. Une odeur chimique se répandit dans l'appartement. J'ai ouvert les fenêtres et bloqué les portes afin d'éviter qu'elles claquent. Ensuite, j'ai fait flamber dans la cheminée de la salle à manger un fagot de bois de sapin dont l'odeur de résine dissipa les derniers relents.

J'ai demandé à Johanna de transporter l'armature métallique jusqu'au débarras du palier et de remettre à sa place dans mon cabinet de toilette la petite armoire à chaussures.

— Pourquoi avoir brûlé ce tableau ? Ce tableau… noir ? demanda-t-elle en baissant la voix au moment de prononcer le nom de la couleur de l'enfer.

— Il grouillait de microbes qui s'envolaient à chaque coup de chiffon.

— Tu ne pourras plus écrire.

— Pas besoin de tableau pour apprendre l'alphabet aux enfants.

— Mais toi ? Comment tu feras ?

Je lui ai donné une mornifle. Oncle a tiré la sonnette. Elle a couru lui ouvrir. Elle lui a parlé. Je me suis assise devant la coiffeuse. Je voyais mon visage défait dans le miroir. Je me disais que cinq minutes plus tard il serait peut-être méconnaissable.

Oncle a poussé la porte.

— Pourquoi as-tu gaspillé de la sorte ?

— Je ne sais pas.

— Tu continueras à payer les cendres de ce tableau jusqu'au dernier florin.

Il m'a emmenée dans la chambre.

— Étends-toi sur le lit.

J'ai enlevé mes pantoufles. Il m'a aidée à grimper.

— Tu t'agites trop. L'enfant a besoin de se reposer. La naissance sera sa première bataille. Il ne faut pas qu'il la perde.

Il a martelé le sol du talon de sa botte.

— Il doit la gagner.

Il a appliqué un linge mouillé d'eau fraîche sur mon front chaud. Il se montrait si bon que je lui ai tout avoué.

— J'écrivais sur ce tableau.
— Tu écrivais quoi ?
— Du vocabulaire.
— Ah bon ?
Il souriait avec bonhomie.
— J'inscrivais, Oncle. Par exemple, porter le ventre, des adjectifs, des noms propres, Burgstaller dans l'escalier, le frère d'Ada et puis les chiens dressés au carnage, enfer, peuple du docteur, les coups, la torture, fruit trop lourd, absolution, les strates de cadavres, Jésus, soleil, des virgules, des points et la chaux vive.

Il enfonça le bout de son index dans ma bouche afin que pour éviter de le mordre, je me taise.
— Calme-toi.

De son autre main, il s'empara de mon poignet. Il attendit que mon pouls ralentisse pour le libérer et me permettre de parler à nouveau.
— J'effaçais tout quand le tableau était recouvert de phrases.
— Quel intérêt avais-tu de faire une chose aussi bête ?
— Je l'ai brûlé car j'avais peur que les mots nous grignotent.
— Tu divagues. Tais-toi. Dors.

Il a pris dans l'armoire une couverture qu'il a étendue par-dessus l'édredon. Il a éteint la lampe à pétrole. Il a refermé doucement la porte. J'ai entendu pleurer Johanna qu'il grondait.

Elle m'apporta mon dîner.

Elle enviait la valeur que ma grossesse me conférait aux yeux d'Oncle. Quant à elle, il pouvait à tout instant la renvoyer et réclamer une autre nièce pour la remplacer. Une plus fraîche et pas tordue, qui aurait travaillé dur pour n'être pas évincée à son tour et dont il pourrait un jour se servir si la maladie me rendait inapte à son assouvissement.

La cloche de Saint-Stephan sonna minuit quand il s'empara de moi. J'eus la sensation qu'il crachait cette substance sur le visage terrifié du bébé.

L'épisode de l'autodafé donna lieu de la part de Johanna à un long billet pataud et obscur. Elle maîtrise mal la lecture mais voletant dans le cabinet de toilette sans faire plus de bruit que le silence en personne, ses anges gardiens avaient moissonné mes phrases et les avaient déposées dans une alvéole de sa mémoire. Réceptacle à son insu, elle les avait rendues au fur et à mesure sous la contrainte dans l'atmosphère terrifiante du presbytère, restituant même le contenu du cahier dont elle n'avait vu que la flambée.

De bonne heure, l'abbé Probst l'envoya chercher chez nous par sa vieille bonne, afin qu'elle vienne s'expliquer clairement au presbytère. Il lui reprocha de ne lui avoir rien dit jusqu'alors de ma mauvaise habitude.

— Je vous en ai pourtant causé, mon Père.

Elle me soupçonnait depuis le jour où elle m'avait vue jeter le cahier au feu mais en ce temps-là le prélat n'avait pas attaché d'importance à ce geste anodin.

— Nous passons notre temps à détruire de vieux papiers.

Du reste, il ne m'accordait pas la capacité de faire un usage personnel de l'alphabet.

— Il devait dater de l'époque où elle était écolière.

— Nous n'avions pas de si beaux cahiers.

L'abbé prétendit m'avoir alors questionnée par acquit de conscience. Il me semble que je m'en souviendrais. Je ne peux le soupçonner d'avoir menti.

Cependant pour lui épargner le désagrément d'en être réduit à se reprocher d'avoir omis de m'interroger, son cerveau a pu façonner un souvenir aussi rassurant que fautif.

— Je vous avais dit aussi qu'elle écrivait sur un tableau noir, a renchéri Johanna.

Elle n'avait jamais disposé d'assez de temps pour déchiffrer autre chose que des bribes. Elle les rapportait en vrac au prélat qui faisait la sourde oreille. D'ailleurs cette histoire lui paraissait invraisemblable. Un être doué de raison n'écrit pas des phrases d'une main pour les effacer de l'autre.

— Ce sont là des imbécillités.

Dans le clair-obscur du presbytère, l'abbé exigea qu'elle vide devant lui sa mémoire et l'égoutte jusqu'au dernier souvenir. Pour lui montrer sa détermination, il la précipita au milieu du bric-à-brac de vieux bancs. Sa tête heurta le bénitier en marbre fêlé. Elle tomba assise dans la gueule ouverte du coffre rempli d'étoles et de chasubles usées.

Longtemps plus tard, Johanna sortit du presbytère.

De retour à la maison, elle est allée s'étendre sur son lit. Elle était assommée, livide, immobile. Elle me repoussa quand je voulus lui demander la cause de son chagrin. Elle réapparut vers le soir. Son visage était sec, ses yeux rougis, sa chevelure dissimulée sous un grand foulard en coton.

Rosalia avait prêté main-forte à Johanna pour m'emmener à l'église. Elles me traînèrent dans la nef comme un sac de sable. Je fus installée dans le confessionnal face à l'abbé Probst. Il m'infligea un long silence. Je crus que des lanciers allaient envahir l'église et m'arrêter pour avoir maladroitement dessiné François-Joseph.

— Votre sœur a parlé, grâce à Dieu.

— Grâce à Dieu, mon Père.

Si elle avait su le convaincre plus tôt de ma manie pécheresse, je n'aurais pas eu le loisir de si longtemps fauter.

— Et quand bien même ne vous aurait-elle pas donnée ? Ma fille, les mots persistent en Dieu. Rien ne se prononce, ne s'écrit sans qu'Il en possède quelque part l'archive. Nous ne sommes que le mauvais brouillon, la honteuse parodie de notre destinée depuis l'aube des temps consignée dans Ses registres même s'Il nous laisse libres de notre conduite car Il est mystère. Votre sœur m'a même révélé les paroles que vous auriez écrites au cours de ces prochains mois, si vous aviez persisté. Vous êtes plus coupable encore que vous l'imaginez.

Il reprit son souffle un instant, avant d'émettre ces paroles menaçantes pour l'humanité tout entière et sans doute aussi pour les animaux doués d'assez de malice pour prendre conscience de la douleur comme le chien, le cochon et le maudit singe du mendiant plus intelligent peut-être qu'Oncle lui-même.

— Quoi que nous puissions faire, l'avenir est un malheur, l'avenir est un piège.

J'entendis haleter Jésus sur la croix qui surplombe l'autel.

— Femme, voici ton fils.

De l'abbé sortirent soudain ces mots prononcés par la voix du Christ. Je ne l'avais jamais entendue mais une chrétienne la reconnaît. Une voix grave, suave, fleurie, au parfum de myrte. Des paroles énigmatiques comme les prédictions des prophètes. Car jamais l'avenir ne doit contredire le Seigneur.

Jésus parla encore.

Peu m'importait d'être sa mère, sa fille, sa sœur. Le sens de ses paroles n'en était que l'écorce. J'étais chacun des mots qu'il prononçait. Je sus alors que le paradis n'était rien d'autre que d'être dit par Dieu. Une éternité s'écoula, puis revint le silence et retentit un hurlement dans la boîte de bois vernis.

— Dieu est notre bourreau.

Foin de la voix du Christ envolée, c'était maintenant l'abbé Probst qui s'employait à me faire passer par les verges du langage. Des phrases longues comme des lanières. Des mots lourds, contondants comme des matraques. Des mots subtils, acérés, par endroits hérissés de pointes rougies. Une ponctuation de verre brisé. À travers la grille du confessionnal, je voyais se consumer cahier et tableau dans les yeux de l'abbé, flamboyants comme des hublots de bateau incendié.

Il poussa une sorte de hennissement pour signifier la fin de la volée.

— Et maintenant, jurez de ne plus jamais écrire autre que l'utile et le nécessaire.

— Je le jure, mon Père.

— L'avenir est un châtiment, ne l'oubliez jamais.

Je fus absoute. Pour pénitence, il m'infligea tant de rosaires et d'actes de contrition que j'espère vivre assez longtemps pour pouvoir payer ma dette. Je devais aussi me prosterner devant Johanna afin de la remercier de m'avoir dénoncée.

Il me congédia d'un hochement de tête.

Je suis sortie pantelante du confessionnal. Rosalia et Johanna m'ont portée jusqu'au logis. Elles m'ont déposée sur le lit. Il me semblait être la dépouille d'une femme grosse dont le fruit déchiquetterait le ventre à la manière d'un poussin qui casse sa coquille.

Je tiens ma promesse. Je n'écris plus. Ni sur du papier ni sur un tableau ni du bout du doigt sur le drap pour former des lettres fugitives de toile froissée. Les phrases se forment quand même. Elles se déposent à la surface de ma conscience, puis elles disparaissent pour devenir de méticuleux souvenirs. Elles sont toutes classées rigoureusement dans ma mémoire comme les jours de l'année dans un calendrier, depuis la première inscrite dans le cahier brûlé jusqu'à celle en train de se déployer pour le dire.

Et d'aucunes griffonnées autrefois depuis le jour où je sus former la panse d'un *a*, en marge de réclames pour une marque de café, avec des miettes de pain sur la table familiale, en ombres chinoises incertaines sur les murs de la chambre avant que notre mère ne souffle la bougie.

Il me suffit de les appeler pour qu'elles reviennent.

Je peux les regarder de loin circuler, les lire, les effacer, en réduire la taille, l'augmenter. Ma tête est une bibliothèque fortifiée à l'abri des investigations de Johanna, de l'abbé Probst, des espions de toute sorte et même de la police secrète de François-Joseph dont Oncle parle en chuchotant. Dieu peut tout voir mais il n'a pas le temps de surveiller en permanence le fond de la tête de ses ouailles les plus modestes. Il doit réserver son attention aux cervelles des princesses, des reines, des mères appartenant au peuple élu susceptibles d'accoucher de savants dont les découvertes bouleverseront peut-être un jour jusqu'à l'ordre du monde établi par Lui du temps où Il s'appelait encore Yahvé.

Quelquefois, Johanna me regarde fixement. L'abbé doit lui demander à chaque confession si je l'ai remerciée. Les larmes me montent aux yeux, comme à un enfant qui renâcle devant l'humiliation qu'on veut lui infliger. Je ne peux pas me résoudre à me prosterner devant elle.

À la place de sang, l'orgueil coule dans mes veines.

Le fruit en est irrigué et mon lait en sera saturé. Un garçon fier peut se montrer courageux, travailleur et réussir. Du reste, je n'aime pas ces petits poltrons qui courbent l'échine comme des esclaves devant les adultes. Quand il était enfant, sûr qu'Oncle a dû regimber et se rire des sanctions que lui valait sa conduite.

J'ai dormi pesamment. Des rêves sombres dont je n'ai souvenir que du malaise dans lequel ils me plongeaient. Je me suis réveillée au milieu de la nuit.

Le fruit criait famine.

Je me suis dirigée à petits pas vers la cuisine. J'ai découpé des tranches de pain. Je les ai beurrées et je l'en ai nourri. Quand la miche a été dévorée, j'ai avalé la part de saucisse qui restait du dîner, un gros morceau de fromage puis à la cuillère le fond d'une boîte de farine de seigle. J'avais mal au cœur mais quand il eut raflé toute cette nourriture j'ai dû de nouveau m'empiffrer pour le rassasier avant de retourner lourdement me coucher.

Au matin, je me sentais trop pesante pour bouger. Cependant, je dus aller aux lieux. Quand j'en suis revenue, Oncle m'a dit que je ressemblais au dessin de l'otarie du bestiaire d'Aloïs.

— J'espère au moins que tu ne seras pas la montagne qui accouche de la souris.

J'ai frissonné en imaginant cette bestiole sortant de mon ventre. Il m'a obligée à venir déjeuner. Il a demandé à Rosalia de casser un œuf dans ma soupe pour l'enrichir.

— Oncle, je vous assure que je n'ai pas faim.

Il a forcé ma bouche, introduisant dans mon organisme de grosses cuillérées. Je me sentais prête à rendre mais le fruit exerçait sa tyrannie et ordonnait à mon estomac d'absorber, d'absorber, d'absorber encore au nom de sa prodigieuse envie de croître. Quand Oncle eut fini de me gaver, je me suis affalée sur la table. Il voulut m'emporter dans ses bras.

Il trébucha au premier pas.

Il me transporta malgré tout jusqu'à la chambre. Il parvint à hisser sur le lit mon corps de plomb.

Je n'en peux plus de le porter, de le lever, de l'asseoir, de le transporter, de le promener sous les rares rayons de soleil, soutenue par ma sœur et Rosalia, cette paire de béquilles humaines renfrognées. Les femelles des bêtes sont ingambes jusqu'à la délivrance. Elles courent, sautent, grimpent, chassent et dit-on les lionnes de la savane éventrent d'un coup de dent des gazelles le matin même du jour où elles mettront bas.

Les animaux ne sont pas affligés du péché originel.

C'est lui qui pèse au ventre des femmes. Si l'abbé Probst acceptait de le baptiser dès à présent, malgré la peau de mon ventre qui le sépare encore du monde je me sentirais aussitôt plus légère. Ce ne serait pas obscène pour un prêtre de palper le corps d'une femme afin de deviner l'emplacement de la tête qu'à travers la peau il oindra de saint chrême. Mon enfant sortirait plus tard d'entre mes cuisses, resplendissant et pur comme quand Elle naquit, la Vierge immaculée. Le baptême de mon enfant à l'état de fruit pourrait se faire la nuit afin de ne pas attirer la jalousie des autres mères contraintes de porter un pécheur jusqu'à la fin de leur grossesse et d'en accoucher honteusement.

Toutes ces phrases m'encombrent. Les événements ne se déroulent qu'une fois. Pourquoi ainsi ressasser les instants.

Ce matin Oncle s'est servi de moi alors qu'il était déjà vêtu de pied en cap pour partir à son travail. Il me sembla qu'entre son sceptre et mon fruit se livrait un combat singulier. Des coups de tête mutuels dont ce dernier ressentait comme moi la douleur. Oncle ahanait tandis que je me débattais, épouvantée par cette bataille contre nature entre un père et son enfant en préparation dans le ventre de sa mère. Si Dieu exige que nous enfantions dans la souffrance, il ignore sans doute ce que la femme endure lorsqu'elle est livrée aux assauts de l'homme.

Après son départ, Johanna est venue dans ma chambre. Elle m'avait entendue souffrir. Elle a posé la main sur la mienne. Sans réfléchir, sans que ces paroles écorchent ma gorge, j'ai enfin obéi à la promesse que j'avais faite en confession.

— Je te remercie de m'avoir dénoncée.

Elle a essayé de m'empêcher de me lever. Mais en désespoir de cause elle fut obligée de m'aider pour éviter que je m'affale sur le plancher. Je me suis agenouillée. J'ai éprouvé à cet instant un grand soulagement. Tout d'un coup je me vidais comme un flacon de cette continuelle inquiétude d'exister. Je n'étais pas plus responsable d'être au monde que la cire dont on avait frotté les lames du parquet.

Le monde entier aurait dû se prosterner devant elle.

Une idiote, une bossue, une boiteuse, une martyre comme les aime Dieu dont elle était la fille préférée entre toutes. J'aurais voulu pleurer d'abondance pour laver ses pieds de mes larmes. Mon corps a basculé.

— Relève-toi, allons.

Elle était effrayée de me voir devant elle étendue sur le flanc avec le ventre à côté de moi comme un bagage en souffrance.

— Espionne-moi, Johanna, je t'en supplie. Sache sur moi davantage que je ne sais. Invente-moi des péchés pour être sûre de n'en pas oublier.

Elle s'accroupit et passa sa main dans mes cheveux. Elle m'aida à me remettre debout.

— Il doit avoir faim, dit-elle en effleurant ce ventre auquel j'étais toujours solidement arrimée.

Elle m'a apporté une épaisse purée de navets sur laquelle Rosalia avait déposé de fines tranches de bœuf.

Les phrases se dissipent en même temps qu'elles apparaissent. Je les vois passer avec leurs mots véloces comme un cheval au galop sans avoir le temps de les déchiffrer.

À certains moments, il me semble que le fruit a pris ma place.

C'est lui qui décide de chacun de mes mouvements et il écoute mes paroles avant de me les laisser dire. Il m'empêche d'en prononcer certaines auxquelles il en substitue d'autres. À moins qu'il m'impose le silence. La liberté ne me vaut rien. Johanna ne peut pas me surveiller de l'intérieur. Quant à Dieu, il n'a pas le temps.

Le fruit est mon geôlier.

La délivrance peut avoir lieu à tout moment. Hier comme aujourd'hui, demain, dans une semaine peut-être. Oncle prétend qu'il veut sortir costaud pour nous faire honneur. Il retarde donc sa sortie afin de gagner chaque jour un peu plus de force. Je ne sais pas si Oncle se satisferait d'une fille bouffie, d'un de ces garçonnets trop ronds au visage sanguin. Sans doute m'obligerait-il alors à leur rationner les tétées tant qu'ils n'auraient pas perdu leur excès d'embonpoint.

Quand Johanna vient dans la chambre, je lui demande de poser son oreille contre mon ventre. Même quand il donne des coups de pied, elle prétend maintenant qu'elle n'entend rien sauf un gargouillement.

— Son cœur ?
— J'entends des battements mais c'est peut-être le tien.

Ils ne battent pas à l'unisson. Le sien est enthousiaste, déchaîné, avide d'avenir. Elle n'a pas l'oreille assez fine pour les distinguer. En me bouchant les oreilles je perçois la rumeur du sang qui irrigue son corps avec la force d'un torrent.

— Petite Ada, dors, dors, dors, murmure-t-elle en caressant ma peau comme le soir la joue des enfants avant de souffler la bougie.

— Pourquoi Ada ? D'après Oncle, ce sera plutôt son frère qui naîtra.

— Si Ada a un frère, c'est qu'Ada existe.

En écoutant le bruit qui se dégage de l'enfant replié dans mon ventre comme un prisonnier du Moyen Âge dans sa cage suspendue à quelque poutre, une ouïe plus fine percevrait la réverbération de l'avenir. Son premier cri, ses premiers pas, son premier jouet, son premier chapeau, la silhouette de ses enfants, son corps étendu dans le cercueil, la pierre de sa tombe couverte de ronces et dessous son nom effacé par l'usure du temps.

Dans mon ventre, l'avenir, la guerre, la guerre tant espérée par Oncle et les rails zèbrent l'Europe et les trains innombrables traversent les pays bombardés et stoppent à l'entrée du labyrinthe et les chargements humains expulsés

et les mères tirent par la main leurs enfants

afin qu'ils avancent plus vite vers les douches promises où elles pourront enfin laver leurs corps salis par dix jours de transport aux rares gorgées d'eau et la terreur et le gel et l'excrément et les vieillards tombés morts qui jonchaient le sol de planches et elles rêvent de les lever à bout de bras afin qu'ils puissent se désaltérer et se purifier et se réchauffer tout à la fois en gobant gorge déployée l'eau qui tombera limpide et tiède des pommeaux et certains nantis s'en allaient vers la mort confortablement installés dans des compartiments décorés comme des boudoirs

et les portes n'étaient pas verrouillées

et ils descendaient à chaque arrêt boire une tasse de café au buffet tandis que déjà légers comme leur ombre les enfants dégustaient un chocolat chaud et des gâteaux et quand la locomotive émettait le premier sifflement ils remontaient en hâte retrouver leurs sièges et le terminus à quelques pas du martyre et les regards effrayés et les pleurs et les geignements et en attendant pour distraire leurs petits

ils dessinaient des clowns sur la buée des vitres

et les bébés nés pour redevenir poussière avant d'avoir vécu jetés vifs dans les brasiers à la sortie du wagon et le flot continu de la semence des hommes qui naissent à chaque instant et les êtres nouveaux qu'écœure le passé et l'humanité recouvrira peu à peu de lichen les noms des martyrs et ils deviendront incertains mythiques légendaires et mêlé à ses bourreaux le peuple des victimes sera digéré par l'Histoire et la tragédie rejoindra l'Atlantide au fond de la mer, peut-être et le vendredi saint, Oncle a eu un malaise à son travail.

Une voiture de la douane l'a ramené chez nous sur un brancard porté à bras par des subalternes. Arrivé à l'appartement, il s'est mis debout et les a congédiés. Il n'a pas voulu s'étendre. En s'asseyant dans son fauteuil, il s'est évanoui. Son visage était hâve, il suffoquait. J'ai crié à Rosalia d'aller prévenir le docteur Bloch. J'ai versé un peu de schnaps entre ses lèvres.

Il en a bu une gorgée.

Il est revenu à lui. Il a réclamé une cuvette. Il a rendu son déjeuner et de la bile.

— Donne-moi encore du schnaps.

Il vida le verre que je lui tendis. Il ferma les yeux, sa tête roula sur le côté. Je ne l'entendais plus respirer. S'il mourait, mon fruit serait orphelin mais il s'est mis soudain à ronfler à la manière d'un vivant.

Le docteur est arrivé à la nuit tombée. Il diagnostiqua une dyspepsie.

— Vous mangez trop et vous mâchez mal car votre mâchoire est dégarnie. En outre, votre pouls est trop vif et le point douloureux que vous avez dans le dos doit vous alarmer. Alors, plus de pipe, plus d'excès. Sinon, gare à la crise cardiaque. Évitez tout effort inconsidéré.

Le docteur m'a jeté un regard malicieux.

— Madame, votre mari doit se modérer en tout.

Il a souri, Oncle aussi.

— Et vous, comment vous portez-vous ?

— Je ne suis pas mal.

Il m'entraîna dans la chambre. Il m'examina méticuleusement.

— Son cœur bat, docteur ? le questionnai-je en touchant mon ventre.

— Le vôtre aussi, m'a-t-il répondu gaiement.

Au lieu de me rassurer, sa gaieté m'inquiéta. Toutes ces vies suspendues au bon vouloir de cet animal capricieux. L'image d'un aquarium où les cœurs s'ébattraient entre deux incarnations comme des crustacés sans carapace me traversa l'esprit. Des crustacés à nouveau prisonniers d'une cage thoracique exiguë et pleine d'organes concurrents. Quand ils étaient las de leur condition, ils interrompaient brusquement leur tâche comme ces ouvriers des fabriques en grève dont parle Oncle et pour les remettre dans le droit chemin l'armée se voit contrainte de faire parler la poudre.

Après l'examen, le docteur Bloch m'a tapoté le front.

— La naissance est pour demain ou le jour d'après, à moins que vous soyez délivrée dans la nuit.

— Dans la nuit ?

Je tremblai à la pensée qu'il puisse naître avant la fin de ce jour sinistre où Jésus expire sur la croix. Le docteur était loin d'imaginer mon tourment.

— Quel prénom allez-vous lui donner ?

— Cela dépend si c'est un garçon ou une fille. Oncle préférerait un garçon.

— Qu'importe l'oncle, pourvu que le père soit content.

Je n'ai pas osé lui rappeler que l'un était l'autre et l'autre l'un.

— En tout cas, comme convenu avec votre mari je vais prévenir Franziska Pointecker, une sage-femme sérieuse qui habite à deux rues d'ici. Aux premières douleurs, envoyez-la chercher.

Il referma sa trousse et tandis qu'il prenait congé j'ai aperçu dans le reflet bleuté de ses lunettes un homme debout dans une voiture décapotée qui par un matin glacial de mars traversait le pont frontalier de Braunau am Inn et la foule hurlant main levée sur le bord de la route et l'octogénaire étique qu'il deviendrait un jour agenouillé devant l'église Saint-Stephan et nettoyant le sol avec une brosse à dents sous les rires et il geint à chaque fois qu'il reçoit un coup de pied et le sabot d'un maraîcher fait éclater son visage et on attache le cadavre à une voiture et on le traîne sous les quolibets dans les rues de la ville

et cinq ans après son épouse raflée

et parquée deux mois d'hiver dans une étable avec quelques familles et un matin de février dans la nuit noire on les conduit à coups de crosse jusqu'à la gare et la vieille dame s'effondre sur le sol gelé et un jeune soldat au regard d'azur l'abat et je me suis rhabillée et je me souvenais du calvaire que j'avais subi pour mettre au monde mes deux petits et cette fois Dieu aggraverait mes souffrances pour me châtier.

J'allais payer cher mon orgueil et le moindre des mots que j'avais tracés en secret. Si seulement les phrases arrêtaient de se former, je pourrais faire amende honorable, mais que valent des remords pour une faute qu'on est en train de commettre, que peut-être jusqu'à la fin de ses jours on commettra tant et plus.

Je devrais Le remercier de me faire expier ici-bas.

Quelques heures de torture pour éviter les flammes éternelles. Je me suis laissée tomber au bas du lit. J'ai rampé pour Lui rendre grâce. Il apparaissait en moi sous la forme impie d'un diable crucifié. Il riait de ses dents noires et luisantes. Je ne savais plus si je devais maudire Satan ou me liquéfier devant la Croix.

Johanna a jailli dans la pièce.

— Tu n'es pas un peu folle ?

Elle m'a relevée.

— Viens te coucher et ne bouge plus jusqu'à demain. Je vais t'apporter du lapin et une tranche de rôti. Le docteur Bloch a dit à Oncle que tu serais délivrée avant lundi.

— Lundi ?

— Oncle n'est pas content que tu aies envoyé Rosalia le chercher. Il n'avait pas besoin de lui pour guérir. En plus, il a peur qu'il lui compte deux consultations.

— J'aurais dû refuser qu'il m'examine.

— Bien sûr. Quand le docteur enverra sa note, Oncle te secouera.

— Tais-toi.

Du bout des doigts, je lui ai fait signe de s'en aller.

— Qui tu te crois ?

Elle s'en est allée malgré tout. Si c'est un garçon en bonne santé, Oncle me pardonnera la somme gaspillée.

Une contraction me réveilla dans la soirée. Il n'était que dix heures. Je suis restée prostrée sur le lit en fixant le cadran du réveil dans un rayon de lune égaré dans la pièce. J'étais prête à retenir ma respiration jusqu'à périr asphyxiée avec l'enfant plutôt que de le laisser naître en ce jour maudit. Lorsque le clocher de Saint-Stephan sonna minuit je criai *Hosanna* sans l'avoir voulu. Oncle se réveilla en sursaut.

— Que se passe-t-il ?
— Je viens de ressentir une première douleur.

Il me donna une tape sur la cuisse.

— Celui qui souffre doit savoir fermer sa bouche.

Mon linge intime était souillé. Je suis allée le cacher dans le cabinet de toilette. J'avais faim mais le couloir me semblait long comme une route et la cuisine pareille à une maisonnette au fond d'une vallée. Je ne pouvais pas entreprendre un si long voyage. Je récompense Aloïs d'une douceur quand il réussit à reconnaître un mot de deux ou trois lettres. Je me suis emparée de la bonbonnière rangée dans un tiroir de la coiffeuse. J'ai compté les bonbons comme une avare sa monnaie. Je les ai croqués jusqu'au vingt-quatrième. Le fruit absorbait le sucre comme un viatique.

Dans la femme grosse le bébé en souffrance est préservé de la douleur et des angoisses de la vie. S'il savait le monde qui le guette il s'accrocherait et nous aurions beau batailler nous ne parviendrions pas à le déloger. Le fruit grossirait jusqu'à nous faire exploser après s'être offert plusieurs mois indus de ventre. Nous autres, alors, pauvres gangues.

Le fruit c'est le futur qui le dégustera jusqu'au dernier pépin tandis qu'il plantera ses crocs dans la chair vive de l'humanité.

Le fruit de la femme n'a pas de pépins.

Des extravagances tracées sur les parois de mon crâne comme sur les murs des cavernes ces animaux mélancoliques dessinés par des sauvages des millénaires avant l'apparition du Christ.

Les sucreries m'ont donné mal au cœur.

Je me suis penchée au-dessus du seau de toilette. J'appelais de mes vœux un flot chargé de toutes ces phrases importunes. Une grande purge avant de donner la vie. Ensuite, le lait coulera de mon sein aussi pur que de celui de la Vierge Marie quand elle nourrissait l'Enfant-Jésus.

Je me suis assise devant le miroir.

Mon visage me semble plus volumineux que la veille. Une sorte de pâleur mais çà et là des plaques rougeâtres et d'autres brunes. Mon image s'effiloche à chaque fois que se tord la flamme du bougeoir. La mèche grésille dans la cire, je me brûle en la redressant. La flamme redevient alors hautaine, raide, méprisante. Maintenant mon visage est blanc, mes traits sont grossièrement dessinés comme si un maladroit avait voulu me représenter avec un morceau de charbon de bois.

— Va te coucher, cria Oncle dans mon dos en me bousculant.

J'ai posé la main sur mon cœur tant je l'ai senti battre fort soudain.

— Allez, dépêche-toi.

Il se mit à uriner bruyamment dans le seau. J'ai tourné ma tête contre le mur pour ne pas voir.

— Va au lit immédiatement.

J'ai attendu qu'il eût laissé choir les dernières gouttes pour refermer le couvercle. Il a soupiré en retournant dans la chambre. J'ai regardé la rue par la lucarne. Il venait de neiger. Régnait une blancheur fantasmagorique. Certaines phrases me semblent difficiles à comprendre. Je dois faire un effort pour les décrypter.

Je ne me sens pas bien, voilà tout.

J'ai peur comme une condamnée. Tous les humains sont nés d'un supplice. Les femmes sont oublieuses, autrement elles étrangleraient de leurs mains l'instrument de leur torture à sa sortie du ventre.

J'ai eu une nouvelle contraction. J'ai mordu une serviette afin de ne pas réveiller la maisonnée. J'ai réussi ensuite à demander pardon à Dieu pour la pensée meurtrière que je venais d'avoir au paroxysme de la douleur. Il serait bon qu'Il pardonne une fois pour toutes les pensées blasphématoires des femmes en travail. Il pourrait même les dégager de toute faute dans le cas où elles L'injurient en expulsant.

— Tu n'es pas retournée dormir ?

J'étais affalée sur la coiffeuse. La voix d'Oncle m'avait réveillée en sursaut. Je lui ai dit que la délivrance était pour aujourd'hui.

— Qu'en sais-tu ?

— Il faudrait aller chercher la sage-femme Pointecker que nous a indiquée le docteur Bloch.

— Rien ne presse. Aussi bien, tu n'accoucheras que demain matin.

J'ai ressenti une nouvelle contraction. J'ai mordu à nouveau la serviette.

— Qu'est-ce que tu fabriques ?

La douleur s'est dissipée.

— Pardonne-moi.

— J'espère que cette fois tu sauras te comporter, dit-il en me faisant les gros yeux à la faible lueur de la bougie moribonde.

Il me reprochait les cris que j'avais poussés lors de mes précédentes couches. Il n'était pas présent mais Johanna s'était chargée de l'en informer.

— Heureusement la maison était isolée mais à présent nous vivons en appartement, je ne veux pas que les voisins jasent. L'épouse d'un officier des Douanes doit se montrer courageuse et ravaler ses cris. Sans compter que ce n'est pas donner bon exemple à l'enfant.

— La délivrance dure parfois longtemps, dis-je d'une voix misérable.

— Tu voudrais qu'on t'arrache l'enfant à la tenaille ?

J'ai baissé la tête.

— Il faut protéger soigneusement le lit. Je veux que cette naissance soit un événement ordonné, rigoureux. Pas une occasion de désordre et un risque d'infection.

— Oui, Oncle.

Je suis retournée dans la chambre. Oncle achevait de revêtir son uniforme. Le réveil marquait sept heures et demie du matin. Je frissonnais, j'ai mis un lainage et enfilé ma robe de chambre par-dessus. J'ai appelé Johanna. Je lui ai demandé de m'aider à me déplacer jusqu'à la salle à manger.

— Elle va naître. Elle va naître.

Elle ne cessait de répéter ces mots pour me rabaisser. Je lui ai dit que je souffrais. Elle a serré ma main dans la sienne. Nous nous sommes retrouvées toutes les deux stationnaires au milieu du couloir. Elle m'a prise dans ses bras. Oncle frappa dans ses mains en sortant de la chambre.

— Quand vous aurez fini de vous congratuler.

— Johanna me réconforte, murmurai-je.

— En voilà une idée. D'ailleurs où vas-tu ?

— Je suis très affamée, dis-je dans un souffle.

— Il ne manquerait plus que tu vomisses en présence de la sage-femme. Nous serions la risée de la rue.

— Je vous promets de manger peu.

J'avais de plus en plus de difficulté à marcher. Chaque pas était une peine. Oncle était déjà attablé quand nous sommes arrivées à la salle à manger. Rosalia m'a servi une tranche de rôti froid. Je l'ai dévorée.

— Tu peux m'en apporter une autre ?

— Il n'y en a plus.

— Sers-moi un peu de soupe.

Oncle l'en a empêchée.

— Ton estomac va s'épuiser à digérer pareil ramassis de légumes.

Il me tira doucement l'oreille.

— Tu ne voudrais pas plutôt boire un verre de sang frais ?

Il se rappelait le traitement prescrit à Franziska plusieurs années auparavant. Bien qu'elle soit morte malgré tout, d'après le docteur Bloch cette cure avait retardé l'échéance.

— Johanna, va de ce pas en chercher à l'abattoir.

— Mais, Oncle, il neige en tempête.

Il souleva le rideau.

— Tu es une menteuse, dit-il en la giflant.

Il est vrai que ne tombait pas un flocon.

— Allez, au galop.

Johanna courut chercher son manteau et sa toque. On l'entendit dévaler l'escalier, tomber, se relever et dévaler de plus belle.

Avant de partir à son travail, Oncle m'a de nouveau recommandé d'éviter tout tapage. Il ne voulait pas que les clients de l'auberge fassent gorges chaudes de ma délivrance. Du reste, si l'enfant devait naître mort ou vivre peu, mieux valait encore que cet événement se déroule dans la plus stricte intimité. S'il fallait procéder bientôt à une inhumation, le cercueil partirait de chez nous avant l'aube et irait directement au cimetière sans laisser de trace.

— Mais je suis sûr que l'enfant vivra, conclut-il avec un sourire affectueux.

Il me donna une tape amicale sur l'épaule. Il me dit qu'il enverrait chercher des nouvelles à la mi-journée.

— Ce sang te donnera un courage de walkyrie.

Il s'en alla.

Quand revint Johanna, je bus le sang avidement.

Il fallut préparer le lit. Johanna m'aida à m'installer sur le fauteuil qui tout à coup me sembla profond. Puis avec Rosalia elle enroba le matelas du grand drap caoutchouté qui avait servi pour les couches de Franziska et les miennes.

— Oncle ne veut aucune tache sur le matelas, dis-je solennellement malgré les douleurs dont l'intensité ne cessait de croître.

Rosalia sourit mais Johanna plissa les lèvres et s'appliqua davantage.

J'ai perdu les eaux en revenant vers le lit. Le sol était inondé, la mare menaçait d'atteindre le tapis. Rosalia a couru chercher une serpillière. Tandis qu'elle essuyait le plancher, Johanna me coucha péniblement.

— J'ai froid.

Elle me recouvrit de l'édredon. Elle m'apporta un bol de tisane. Rosalia fit une flambée dans la cheminée.

— Tu veux bien aller chercher la sage-femme Pointecker ?

— Oncle m'a dit de ne la faire venir qu'au dernier moment.

— C'est maintenant, dépêche-toi.

Elle hésitait à partir.

— Pressez-vous, lui dit Rosalia. J'entends déjà le bébé crier dans le tunnel.

— Le tunnel ? répéta Johanna sans paraître saisir le sens, en cette occurrence, de ce mot.

— Le tunnel par lequel il atteindra le monde. Le ventre qui le porte et les ventres qui en ce moment renferment ses complices et les innombrables ventres prêts à lui livrer les victimes du massacre et au lieu de la sage-femme vous devriez réclamer un prêtre pour exorciser la mère pendant la délivrance et exorciser l'enfant sitôt sorti du nid.

— Le tunnel ?

Rosalia employa alors des mots vulgaires que Johanna comprit en rougissant. Elle fila chercher Franziska Pointecker.

Johanna est revenue avec elle quelques minutes plus tard comme si elle attendait devant la maison qu'on vienne la chercher. Une grande femme brune à laquelle dès son apparition, je me suis plainte.

— J'ai vraiment très mal.

— Le travail commence à peine. Vous n'avez pas fini de souffrir.

J'ai eu envie de la mordre.

— Vous avez déjà eu des enfants ?

J'ai enfoncé mon visage dans l'oreiller tandis que Johanna lui répondait calmement comme si elle lui indiquait le chemin vers la cuisine.

— Deux. Gustav et Ida. Morts.

— Quelle collection, dit Pointecker en éclatant de rire.

Elle désigna mon ventre d'un coup de menton.

— Espérons que celui-là aura plus de chance. En attendant, respirez fort. Allez, autrement vous étoufferez tous les deux.

Les contractions s'espaçaient. Le travail me semblait suspendu. Je flottais dans la chambre sur un radeau qui tapait du nez contre la fenêtre pour s'échapper. J'ai somnolé. De temps en temps la souffrance me réveillait. Je faisais un effort pour me taire quand je m'entendais geindre. J'ai dormi profondément. Je me suis réveillée pour crier. Johanna m'a dit plus tard que le garçon de bureau envoyé aux nouvelles par Oncle était justement sur le pas de la porte à cet instant-là.

— Je lui ai dit *Tout va bien*, mais il parlera sûrement de ton cri à Oncle.

En sus de la souffrance, j'ai éprouvé un sentiment de tristesse. Je me sentais seule, abandonnée, telle une couche de boue sur la route piétinée par les sabots des chevaux. Une écœurante odeur flottait dans la chambre et la puanteur des gaz d'échappement quand on ouvrait le camion rempli de corps asphyxiés et fracassés et hoquetant encore comme des poissons sortis de l'eau et la sage-femme me demandait de pousser.

— Poussez, poussez donc, poussez fermement, poussez avec ardeur, poussez madame, poussez.

Oncle entra dans la chambre. Le jour tombait à peine. Comme nous étions samedi il avait pu quitter son bureau avant l'heure habituelle. Il s'avança vers moi. J'ai compris que l'employée m'avait dénoncée. Je n'ai pu m'empêcher d'éclater en bruyants sanglots.

— Arrête immédiatement de faire tout ce vacarme.

La sage-femme le saisit par l'épaule.

— Il n'est pas décent qu'un mari assiste à l'accouchement de sa femme. Fichez le camp tout de suite ou j'ouvre la fenêtre pour faire profiter toute la ville de ses jérémiades.

Il a quitté la chambre.

— Et vous, allez faire bouillir de l'eau, ordonna-t-elle à Johanna.

Elle obtempéra. Quand nous fûmes seules, elle me jeta un regard presque aimable.

— Vous allez voir, nous serons bientôt au bout de notre rouleau.

— Notre rouleau ?

— Allez, poussez. Poussez, au lieu de jacasser comme une pie borgne.

— Une pie borgne ?

Je crus voir l'oiseau voler dans la chambre avec son œil sanguinolent désorbité se balançant devant son bec.

— Poussez, madame, poussez que diable.

Elle se pencha pour examiner mon ouverture. Son visage disparaissait entre mes cuisses. J'ai senti que l'enfant était prêt à me déchirer.

— Misère, il a le cordon autour du cou.

Elle fit une manipulation douloureuse.

— Le voilà décroché, le petit pendu. Poussez une dernière fois.

J'ai lancé le plus puissant cri de toute mon existence avant de perdre connaissance. Je me souviens de Johanna revenant avec une bassine fumante.

— C'est un gros garçon, clama Pointecker.

Johanna s'approcha et regarda de près le sexe de l'enfant tandis que la sage-femme tranchait le cordon. Je me suis à nouveau évanouie. L'arrivée en trombe d'Oncle dans la chambre me ranima.

— Vous êtes sûre que c'est un garçon ? insista-t-il en roulant, incrédule, entre ses doigts l'appendice.

— Maintenant, monsieur, laissez-moi travailler.

Il lâcha l'organe et fit un pas en arrière. Elle procéda à la toilette. Il s'approcha du lit et me parla à voix basse.

— J'espère au moins que tu n'en feras pas un enfant douillet.

Pointecker le bouscula.

— Tenez, madame, le voilà votre garçon.

Elle le posa sur moi. Un bébé encore rougeaud. Je regrettais de n'avoir su retarder sa naissance jusqu'au dimanche radieux de la Résurrection du Christ. J'ai pourtant versé des larmes de bonheur. Il a rampé doucement vers mon sein. Il s'est mis à téter. Pointecker a dit qu'il serait dégourdi. Johanna a applaudi comme au cirque. Oncle a exprimé sa crainte de le voir mourir en bas âge comme le reste de sa fratrie.

— Pourvu qu'il ne soit pas né pour rien.

Nous étions le 20 avril 1889.

— Six heures et demie du soir.

Il en prit note dans son carnet afin de pouvoir déclarer précisément la naissance à l'état civil. Puis il s'informa du menu du soir auprès de Johanna.

— Tu vas aller acheter une bouteille de riesling pour fêter l'événement.

Il me jeta un regard sévère.

— Tu vois, je mise sur sa survie. J'espère qu'il ne me décevra pas.

— Il est vivace, Oncle, voyez comme il tète.

— La belle affaire. Je me souviens que Gustav tétait aussi à t'arracher les tétons. En plus, il lui ressemble tête coupée. Je ne suis guère superstitieux mais ce n'est pas un bon présage.

Le bébé ressemble vraiment à Gustav. Il en est peut-être la réincarnation. Il tente à nouveau sa chance d'atteindre l'âge d'homme et je le livre au destin comme ce bébé par sa mère jeté comme un paquet de langes à un voyageur stupéfait sur un quai de gare avant que les policiers ne la pousse dans un wagon à bestiaux où flotte l'odeur des humains morts debout lors du précédent voyage et à la traîne de Jésus en ce samedi saint le fruit est descendu visiter l'enfer et je suis la rampe de lancement du massacre et à l'instant de la ponte s'est déclenché le compte à rebours de la bombe que j'abritais dans mes entrailles

un bébé un bambin un chérubin

et grâce à mes soins attentifs mes câlins mes baisers mes caresses il ne fera que croître et embellir et je serai morte au moment de la déflagration et ce sera le plus grand attentat de l'Histoire jamais perpétré contre le peuple élu et les Tziganes et les handicapés et les homosexuels et les témoins de Jehova et les oubliés des listes et à tout moment j'aurais pu l'étouffer l'empoisonner le poignarder dans son sommeil au lieu de le couvrir d'amour le couver le veiller la nuit quand il avait pris froid et je demeurerai à jamais coupable de l'avoir porté fabriqué créé et les flammes des fours jettent leur clarté sur mon visage et je la prends pour celle de la bougie parfumée que vient d'allumer Johanna pour purifier l'atmosphère et sur le parking une nuée d'enfants multiethniques vêtus d'habits multicolores sautent des cars scolaires bien alignés sur le macadam et la joie d'avoir évité une matinée de cours et les moniteurs les professeurs les parents qui les chaperonnent en causant et la marche enthousiaste vers le Mémorial et les cris et les rires et les bousculades et les chahuts

et l'illuminé qui bave hilare en se voyant dans le miroir bleu du ciel

et sur son fauteuil un beau gosse auquel manquent les jambes fait la course avec un petit crépu en claquettes qui porte la kipa et une jeune fille noire comme un soleil joue les funambules sur les rails qui menaient à l'abattoir et là-bas un guide haut-parleur sur le dos s'empare de la troupe et les mots s'échappent trop vite de sa bouche et son commentaire poursuit la réalité sans jamais parvenir à la rattraper et *Arbeit macht frei* et on passe sous le portail et on court devant les petites maisons inertes jadis bruissant de soupirs de plaintes de cris et le laboratoire avec la rigole pour évacuer le sang des opérés torturés mutilés moribonds devenus infirmes débiles simples cadavres pauvre fumée et l'heure avance et on court le long de l'interminable vitrine où sont exposés des quintaux de lunettes de bagages de longues chevelures et les papillotes des hassidim et on traverse au pas de course les chambres à gaz maintenues dans la pénombre par de maigres néons et la muraille griffée et imbibée de sang noir et le lent retour vers le parking et ceux qui ont subi la plus éprouvante épreuve de leurs quinze années d'existence

et avancent sans un mot voûtés brisés

avec sur les épaules le poids de l'Holocauste du Génocide de la Shoah et ceux qui ont observé avec le regard froid de l'entomologiste qu'ils deviendront un jour et ceux qui n'ont rien vu et ceux que l'Histoire ennuie comme une mauvaise série et cet épisode sinistre filmé sans drone au temps des locomotives à vapeur aurait plu sans doute à leurs arrière-arrière-grands-parents et d'ailleurs à l'époque ils avaient dû entendre parler du pitch et les enfants absents pour cause d'incrédulité familiale et les enfants invisibles ce matin-là pour cause de paradis d'au-delà de néant et ceux jamais apparus parmi les vivants car en suffoquant leurs géniteurs présomptifs ont interrompu le flux des gamètes qui plus tard aurait dû les faire surgir au monde et de retour dans le car tous les vivants de se jeter sur les téléphones interdits de visite afin d'éviter que les enfants déshonorent l'école en postant des selfies burlesques sur les réseaux et l'humanité passe son temps à naître et à perdre de vieilles branches des fleurs des bourgeons et elle chemine cahin-caha comme une planète saoule et Oncle claqua la porte derrière lui et il se précipita à son bureau pour télégraphier la nouvelle aux Prinz et du reste nous pourrions les héberger s'ils désiraient après le baptême se reposer quelques jours avant de reprendre leur train pour Vienne.

Le baptême se déroula le lundi de Pâques à trois heures et demie de l'après-midi.

Un jour de gel et de tempête.

Klara aurait voulu se rendre à l'église malgré le mauvais temps. L'oncle refusa.

— Si tu prends froid, ton lait se tarira et il mourra.

Elle a baissé les yeux. Johanna s'est emparée de l'enfant portant robe de dentelle. Elle avait déjà servi lors des baptêmes des autres enfants de l'oncle. Le couple de parrains viennois s'était rendu à Linz fêter Pâques en famille. Il avait été décidé qu'elle les représenterait à nouveau et cette fois flanquée du bedeau. Klara s'est effondrée sur la chaise du vestibule tandis que chargée du fruit de ses entrailles Johanna descendait l'escalier dans le sillage de l'oncle.

Ils sont arrivés neigeux à l'église. Prosterné devant l'autel l'abbé Probst chantait d'une voix d'outre-tombe.

— Ô Dieu, venez à mon aide. Seigneur, hâtez-vous de me secourir.

Entendant leurs pas résonner dans l'enceinte, il s'est relevé en titubant enivré par le chant divin. Il se retourna. Un visage sévère et pourpre.

— La voix du Seigneur fait jaillir des flammes. Gloire au Père et au Fils et au Saint-Esprit.

Le bedeau prit place à côté de Johanna. Elle tremblait tandis que l'abbé Probst marchait vers elle vêtu des habits sacerdotaux dans la fumée d'un encensoir qu'un enfant de chœur tapi dans l'ombre maniait vigoureusement.

Il lui posa les questions rituelles. Aux deux précédents baptêmes c'est au parrain qu'on les avait posées.

— Renoncez-vous à Satan ?

Elle le regarda apeurée.

— Et à toutes les œuvres de Satan ?

Il la rappela à l'ordre.

— Dites oui, toujours oui, malheureuse.

— Oui, mon Père, oui.

— Renoncez-vous à Satan ? À toutes ses œuvres ? À toutes ses séductions ? Repoussez-vous l'infidélité des Juifs ? Rejetez-vous leurs pratiques ? Croyez-vous en Jésus-Christ, Notre Seigneur qui est né et qui a souffert la Passion ? Croyez-vous en l'Esprit-Saint, à la Sainte Église catholique, à la communion des Saints, à la rémission des péchés, à la résurrection de la chair, à la vie éternelle ?

Elle prononça une série de *oui* qu'il interrompit d'un hochement.

Il comprima alors ses lèvres et souffla par deux fois sur l'enfant comme fit jadis le Christ pour chasser le démon.

— Retire-toi, esprit impur, et cède la place au Paraclet.

Cette fois, avec son souffle il dessina une croix.

— Recevez l'Esprit-Saint et la bénédiction de Dieu.

Johana était blême, immobile, soudain indifférente à l'enfant, à l'abbé, au souffle divin, au Diable, à la

Bête, à Belzébuth, à Lucifer. À toutes les déclinaisons du Malin.

Il fallut casser la glace des fonts baptismaux pour accéder à l'eau bénite. La cérémonie terminée, l'abbé Probst retourna se prosterner au pied de l'autel.

En rentrant, Johanna installa l'enfant dans les bras de Klara. Elle le pressa contre sa poitrine. Elle lui murmura à l'oreille que désormais il était fils de Dieu.

BIBLIOGRAPHIE

Dante Alighieri, *La Divine Comédie*, trad. et comment. par André Pézard, Gallimard, 1988, coll. Bibliothèque de la Pléiade

Robert Antelme, *L'Espèce humaine* [1947], Gallimard, 1991, coll. Tel

Hannah Arendt, *Eichmann à Jérusalem : rapport sur la banalité du mal* [1966], trad. de l'anglais par Anne Guérin, présentation par Michelle-Irène Brudny-de Launay, Gallimard, 1991, coll. Folio Histoire

Jean Cayrol, *Nuit et brouillard*, suivi de *De la mort à la vie*, avant-propos de Michel Pateau, Fayard, 1997, coll. Libres

Collectif, *Paroles de déportés : Témoignages et rapports officiels*, Omnia, 2009

Charlotte Delbo, *Auschwitz et après* [1970], vol. 1, 2 et 3, Minuit, 2018

Patrick Desbois, *La Shoah par balles*, préface de Denis Peschanski, introduction historique d'Andrej Umansky, Plon, 2019

Ilya Ehrenbourg et Vassili Grossman, *Le Livre Noir : sur l'extermination scélérate des Juifs par les envahisseurs fascistes allemands dans les régions provisoirement occupées de l'URSS et dans les camps d'extermination en Pologne pendant la guerre de 1941-1945*, Actes sud, 1995, coll. Hébraïca

Daniel Friedmann, *La Dernière Femme du premier train*, Centre Edgar Morin [prod.], 2014

Heinrich Gerlach, *Éclairs lointains : percée à Stalingrad*, traduit de l'allemand par Corinna Gepner, édition, postface et appareil critique par Carsten Gansel, Anne Carrière, 2017

Anne Georget, *Festins imaginaires*, Octobre Production, 2014 (film documentaire)

Peter Godman, *Hitler et le Vatican*, Perrin 2014, coll. Tempus

Vassili Grossman, *Carnets de guerre de Moscou à Berlin, 1941-1945*, traduit de l'anglais et du russe par Catherine Astroff et Jacques Guiod, Calmann-Lévy, 2007

—, *Vie et destin*, trad. du russe par Alexis Berlowitch, Livre de Poche, 2005

Marek Halter, *Tzedek, Les Justes*, Kurtz production, 1994 (film documentaire)

Historiciser le mal, une édition critique de « Mein Kampf », sous la direction de Florent Brayard et Andreas Wirsching, Fayard, 2021

Rudolf Hoess, *Le commandant d'Auschwitz parle*, préf. de Geneviève Decrop ; [trad. de l'allemand], La Découverte, 1995, coll. Cahiers libres

Alain Jaubert, *Auschwitz, l'album la mémoire*, prod. CNRS audiovisuel, 1984 (film documentaire)

Ian Kershaw, *Hitler*, trad. de l'anglais par Pierre-Emmanuel Dauzat, Flammarion, 1999

Imre Kertész, *Kaddish pour l'enfant qui ne naîtra pas*, trad. du hongrois par Natalia Zaremba-Huzsvai et Charles Zaremba, Actes Sud, 2003, coll. Babel

Claude Lanzmann, *Le Lièvre de Patagonie : mémoires*, Gallimard, 2009

—, *Shoah*, prod. Les Films Aleph, 1985 (film documentaire)

—, *Sobibor, 14 octobre 1943, 16 heures*, prod. Les Films Aleph, 2011 (film documentaire)

François Le Lionnais, *La peinture à Dora*, Othello, 2016

Virginie Linhart, *Ce qu'ils savaient : les Alliés face à la Shoah*, prod. CinéTV

Ber Mark, *Des voix dans la nuit : la résistance juive à Auschwitz-Birkenau*, préface de Elie Wiesel, traduit et adapté du yiddish par Esther [i.e. Ester Mark], Joseph Fridman et Liliane Princet, Plon, 1982

Norman Mailer, *The Castle in The Forest*, Random House, 2007

Michael Pollak, *L'Expérience concentrationnaire : essai sur le maintien de l'identité sociale* [1990], 2014, Points

Roman Sandgruber, *Le Père d'Hitler : comment son fils est devenu dictateur*, Tallandier, 2022

Jorge Semprun, *Le Grand Voyage*, Gallimard, 1963

—, *L'Écriture ou la vie*, Gallimard, 1994

Timothy Snyder, *Terres de sang : l'Europe entre Hitler et Staline*, traduit de l'anglais par Pierre-Emmanuel Dauzat, Gallimard, 2012, coll. Bibliothèques des histoires

Gitta Sereny, *Au fond des ténèbres. Un bourreau parle : Franz Stangl, commandant de Treblinka*, traduit de l'anglais par Colette Audry, Tallandier, 2013, coll. Texto

Albert Speer, *Au cœur du Troisième Reich*, traduit de l'allemand par Michel Brottier, Fayard, 1971, coll. Pluriel

—, *Journal de Spandau*, traduit de l'allemand par D. Auclères et M. Brottier, Robert Laffont, 1975, coll. Vécu

—, *Journal de Rudolf Hess*, avant-propos inédit de François Kersaudy, traduction de Michel Brottier et Dominique Auclères, Pluriel, 2018

Jean-François Steiner, *Treblinka*, avant-propos de Gilles Perrault, préf. de Simone de Beauvoir, Fayard, 1994

Piotr Rawicz, *Le Sang du ciel* [1961], Gallimard, 2014, coll. L'Imaginaire

Mark Riebling, *Le Vatican des espions : la guerre secrète de Pie XII contre Hitler*, traduit de l'anglais (États-Unis) par Johan-Frédérik Hel Guej, Tallandier, 2019, coll. Texto

David Rousset, *L'Univers concentrationnaire*, Minuit, 1965

Volker Ullrich, *Adolf Hitler. Une biographie : l'ascension, 1889-1939*, Gallimard, 2017, coll. NRF essais

Sylvain Vergara, *Les Chemins de l'aube*, Éditions Ampelos, 2022, coll. Témoigner

Elie Wiesel, *La Nuit* [1958], préf. de François Mauriac, Minuit, 1988

Ouvrage composé par
PCA – 44400 Rezé

Imprimé en France par MAURY IMPRIMEUR
en janvier 2025
N° d'impression : 282459

POCKET – 92, avenue de France, 75013 Paris

S34752/01